사생활들

틀 시리즈 ─ 01

사생활들

일상을 이루는

행동, 생각, 기억의 모음

김설

지음

꿈꾸는인생

평범한 나와
　　평범한 당신의 이야기

톡 톡 톡 톡 톡.

모두가 잠든 새벽, 잠결에 고양이가 걸어오는 소리를 듣습니다. 발톱을 깎아야 할 때가 지난 고양이는 발소리를 내며 자신의 존재를 알립니다. 그 귀여운 소리가 듣기 좋아서 일부러 발톱 깎는 걸 늦출 때가 있습니다. '나에게 고양이가 있네. 우리 집에도 고양이가 살고 있어.' 그런 생각을 하면 어쩐지 마음이 포근해집니다. 고양이가 얼른 다가와 주기를 기다리다가 다시 잠에 빠져들고, 잠시 후 코끝에 서늘한 기운이 느껴지면 입가에 미소가 배어 나옵니다. "안녕! 나는 잠이 깼어" 하고 고양이가 자신의 코를 내 코에 살짝 부딪히며 인사를 해 줬으니까요. 바로 그 순간, 행복이란 것이 나에게 머물고 있음을 느낍니다. 고양이의 뒤척거림에 매일 밤잠을 설치지만 아침이면 거뜬히 일어나지는 날들입니다.

빼놓지 않고 비타민을 챙겨 먹고 조금씩 늘어 가는 눈가의 주름을 확인하고 차가운 물에 뛰어들어 배영을 하면서 수영장 천장에 달린 조명의 개수를 세어 보고 한 달에 한 번 호르몬제를 처방받고 좋아하는 빵을 조절해서 먹는, 평온하면서도 조금은 지루한 날들이 자연스럽게 나를 스쳐 갑니다. 그렇게 하루하루를 살면서 생각했습니다. 어쩌면 인생이라는 바다에서 나를 지탱해 주는 건 큰 기쁨이 아닌 아주 작은 기쁨들인지도 모른다고요. 이런저런 경험을 통해 삶의 우선순위가 정리된 지금이 바로 그 작은 기쁨을 만끽할 때라는 것을요. 입에 맞지 않는 음식을 먹어야 하는 곤혹스러운 식사가 끝나고 맛있는 디저트가 나온 것 같은 기분으로 현재를 살고 있습니다.

대수롭지 않게 흘러가는 시간이 선물임을 알게 한 건 지나온 세월과 경험이었습니다. 그래서 오늘의 행복을 이야기하려면 어쩔 수 없이 쓰라렸던 오래전 기억을 조금 꺼내야 하지만, 글이 재미없어질까 봐 염려하지 않습니다. 어쨌든 시간은 흘렀고, 현재의 이야깃거리가 훨씬 풍성하니까요.

며칠 전 수영복을 입으면서 자연스럽게 엉덩이에 손이 닿았습니다. 그런데 그전과는 어딘가 달라진 느낌이 들었습니다. 지구의 중력은 혼자서 다 받는 게 아닐까 하고 내심 신경이 쓰였던 축 처진 엉덩이가 조금 달라진 것 같았습니다. 0.1만큼 탄력이 생겼다고 할까요? 엉덩이가 달라졌다는 건 어디까지나 나만 아는 사실입니다. "이것 봐! 내 엉덩이 좀 만져 봐. 조금 단단해진 것 같지 않아?" 하고 동네방네 떠들어 댈 수는 없습니다. 하지만 말하고 싶습니다. 지금부터 쓰려는 이야기는 대개 이런 것들입니다. 내가 말하지 않으면 누구도 알아주지 않아서 발설하고 싶어 안달이 나는, 별일이 아닌데 왠지 부끄러워서 비밀이 되었거나 내 자랑 같아서 입을 다물게 된, 투덜거리고 싶어서 입이 근질거리지만 속 좁은 사람이라는 말을 들을까 봐 삼켜 버렸던 그런 이야기들.

사생활에 관한 것이라고 해도 '나'를 위해서만 쓰는 글이어서는 안 된다는 생각이 문득 글 쓰는 손을 멈춰 세우지만, 한 문장이라도 누군가에게 닿고 싶다는 열망이 결국 앞으로 나가게 합니다. 다만 호들갑스럽지 말자는 마음으로요.

얼마 전 독자와의 만남이 있었습니다. 그곳에 앉아 있는 게 믿기지 않았고 남의 일을 대신하려는 사람처럼 어색했습니다. 책을 쓰는 일도 마찬가지입니다. '무슨 용기로 두 번째 책을 쓴다고 했을까.' 책을 읽어 줄 이들에게 시간이 아깝지 않을 만한 뭔가를 제공해야 한다는 생각에 한동안 잠을 이룰 수가 없었습니다. 그런데 막상 책상 앞에 앉으니 정말 쓰고 싶은 것을 쓰자는 마음이 강해지고 사생활을 털어놓을 용기가 생겼습니다. 어차피 대단한 작가가 되고 싶은 생각은 없습니다. 검색창에 "김 설" 두 글자를 넣으면 적당히 늙어 가는 여자의 얼굴이 보이는 것도 바라지 않습니다. 그저 자신 몫의 삶을 살아가는 평범한 나와 평범한 당신의 이야기를 하는 사람이고 싶습니다.

이 책을 읽으며 어머, 이건 내 이야기잖아? 하고 말해 줄 사람들을 생각하며 시시콜콜한 이야기를 씁니다.

| 목차 |

004 프롤로그

012 글이란 걸 씁니다

020 몹시 궁금한 것

024 책의 주변을 배회하면서

032 어느 날엔가는 소설

037 고전의 역할

043 여행 대신 책

047 서재가 있는 호수

058 개가 되고 싶은 고양이

063 집사를 사랑한 집사

071 월요일 아침

078 나의 부엌

081 조금 시들해진 취미들

087 정원을 탐하다

096 걷는 사람

100 책과 찻잔

104 차의 시간에 머무르다

111 필통이 하는 말

116 혼자 가는 곳

120 다시, 수영

127 빵

133 '반지하'라는 말은 누가 만들었을까

140 청소라는 시시한 행위

145 버리는 기쁨

150 어서 와, 건조기는 처음이지?

154 멋진 중년이 되는 일

160 자신에게 몰두하는 삶

167 우정이라는 사랑

173 내 안에 사는 두 사람

182 나는 네 편, 너는 내 편

187 염려하는 건 죽음이 아니라 삶이다

198 에필로그

필립 로스Philip Roth는 자신의 소설에서

서른이라는 나이를 이렇게 표현한다.

"더 성숙해지는 것도 아니면서

아직은 노화로 나빠지고 있는 것도 아닌 상태로

간신히 폭이 좁은 터널 하나를 지나온 얼굴로 서 있는 나이".

오십이 넘은 지금의 나는

몇 개의 터널을 지났고 어떤 얼굴을 하고 서 있을까.

얼굴을 보고 싶어 내 사생활을 들여다본다.

글이란 걸

쑵니다

삶의 작은 틈새와 주름들 안에는 남들이 알 수 없는 비밀
이 있다. 무료할 때 꺼내 보며 혼자 웃기도 하고, 마음이
공허한 날에는 숨어 있는 비밀 몇 가지를 소환해서 살아
갈 에너지를 충당한다. 내게는 책을 쓰고 싶다는 강렬한
욕구가 일어났던 순간이 그런 비밀 중 하나다. 지금부터
오래전 그날의 일에 대해 털어놓으려 한다.

그 비밀의 순간은 짧지만 매우 흥미로웠다. 아무런 준

비도 없이 능력도 없는 내가 가장이 되어 혼자 경제적 책임을 지고 있을 때였다. 몸은 만신창이었고, 마음고생 또한 말로 설명할 수 없는 지경이었다. 돈벌이를 남의 일처럼 여기는 남편이 미웠다. 차마 그 사람에게 원망을 퍼부을 수는 없어서 그를 선택한 나에게 매일 무서운 저주를 퍼부었다. 머릿속은 내 인생의 걸림돌인 그가 영원히 사라졌으면 좋겠다는 생각으로 가득 차 있었다. 그토록 그 사람을 미워했지만 그런 마음을 누구에게도 털어놓을 수 없었다. 그렇게 십 년을 보내고 나니 남편을 향한 미움은 내 안에 거대한 크기로 부풀어 올랐다. 살짝 건드리기만 해도 엄청난 폭발음을 내며 터져 버릴 것 같은, 그야말로 아슬아슬한 날의 연속이었다.

> 홀 부인이 어제 아이를 유산했어. 출산 예정일을 몇 주 밖에 안 남기고 말이야. 무슨 충격 때문이라는데 내 생각엔 자기도 모르게 자기 남편 얼굴을 쳐다보고 그렇게 된 게 아닌가 싶어. *(제인 오스틴이 언니 카산드라에게 쓴 편지 중에서)*
>
> __타니아 슐리, 『글쓰는 여자의 공간』, p.32(이봄, 2020)

십 년 동안 묵은 체증으로 답답했던 속이 이 문장을 읽는 순간, 뻥 뚫리는 기분이었다. 박장대소하며 눈물까지 찍어 냈다. 내 안에 오랫동안 쌓인 슬픔과 억울함이 어느 정도 해소되는 카타르시스를 느꼈고, 약간의 안정을 찾은 기분마저 들었다. 홀 부인의 유산은 안타깝고 슬픈 일인데 이렇게까지 웃음이 나다니, 앞뒤 사정을 모르는 사람들이 보기에는 남의 불행을 즐거워하는 사람으로 보였을 것이다. 제인 오스틴Jane Austen은 결혼으로 인해 불행해진 여자에게 남편이라는 존재가 얼마나 치명적인지 단 두 줄의 문장에 담아냈다. 설명하기 까다로운 부부의 세계를 이런 식으로 표현한 작가는 천재임이 분명하다.

한바탕 웃고 난 후, 내게 이 문장이 의미심장하게 느껴진 이유를 깨닫고는 홀 부인만큼이나 충격을 받았다. 남편의 얼굴을 바라보는 일이 고역인 사람이 나 말고 또 있구나. 홀 부인이 누구인지 모르지만, 그녀에게 깊이 공감하는 동시에 안쓰러운 마음이 생겼다.

글쓰기에 욕심이 생긴 건 그날부터였다. 슬픈데 웃기고 웃긴데 감동적인 글을 쓰고 싶었다. 제인 오스틴처럼 되고 싶었다. 글을 써 놓고는 이 정도 글을 쓰는 일이 무슨 대수라고, 아무것도 아니라는 듯 무심한 얼굴을 하고 싶었다. 남들이 직접 하지 못하는 말을 대신 해 주는 사람이 되어 누군가의 삶에 숨겨진 비밀을 폭로하는 글을 쓴다면 얼마나 흥미로울지 생각만 해도 짜릿했다. 사소하다고 여겼던 문제가 결코 사소하지 않다는 것을 알려주는 글을 쓰고 싶었다. 사람들은 누가 말해 주기 전에는 아무것도 모를 때가 많기 때문이다.

아무런 결핍도, 한 줌의 불행도 없는 사람이 쓴 글은 소금을 넣지 않은 음식 같다. 밍밍하고 감칠맛이 없다. 내게는 글의 재료로 쓰일 결핍과 불행이 충분히 준비되어 있으니 그것들을 지지고 볶아서 글로 완성만 하면 되는 일이었다. 이렇게 생각하자 고난이 어쩐지 근사한 체험으로 탈바꿈했다. 자신감마저 차올랐다. 인생에 닥친 어려움이 나에게 성찰의 계기가 되어 주었고 누구보다 긴 사유의 시간을 가졌으니, 당분간은 그것들을 녹여 지면을 채울 수 있을 거라고 생각했다. 하지만 그건 어디까지나 나만의 착각이었다.

문학의 사명 같은 것과는 애당초 거리가 멀었다. 그냥 생각나는 대로 끄적거리기 시작했다. 그렇게 아무렇게나 끄적거린 글은 못 봐 줄 만큼 엉망이었다. 이렇게 뭐라도 쓰게 될 줄 알았다면 돈 많이 드는 미대에 가지 말고 문예창작과에 가서 글쓰기나 체계적으로 배울 걸. 불현듯 전공을 선택하던 순간이 소환되면서 부질없는 후회도 했다. 당시 문예창작과에 원서를 내지 않은 건 작가라는 직업에 도무지 현실감이 들지 않았기 때문이다. 그건 글쓰기에 천부적인 재능이 있는 사람들, 먹고살기 힘들더라도 쓰지 않으면 견딜 수 없는 사람들이 선택하는 길이라고 생각했다. 글 써서 밥 먹고 살긴 어렵다고, 그럴 바엔 차라리 산업디자인이 낫다는 엄마의 말은 문예창작도 산업디자인도 탐탁지 않다는 뜻이었지만, 디자인 분야가 그나마 취업이 빠르다는 담임 선생님의 말에 마지못해 엄마의 허락이 떨어졌다. 그렇게 나는 겉멋이 잔뜩 든 미대생이 되었고 자연스럽게 활자에서 멀어졌다. 그리고 결혼 후 감당하기 힘든 시련들을 만나 고군분투하다 보니, 다시 글을 쓰고 싶단 생각이 들게 된 것이다. 활자에서 멀어진 지 10년이 지나서였다.

글쓰기를 멈추고 완성도가 높다고 평가받는 창작물들을 살펴보기 시작했다. 그런 작품들은 기본적으로 강약 조절이 잘되어 있었다. 슬픔으로 시작해서 슬픔으로 끝나는 영화는 시작하고 40여 분이 지나면 하품이 나오기 시작한다. 그렇게 입이 찢어질 듯 하품을 하다 보면 어느새 눈가에 눈물이 배어 나오고 손가락으로 찍어 내기 바쁘다. 코믹한 영화도 마찬가지다. 시종일관 웃기기만 한 영화를 보고 나면 기억에 남는 장면은 하나도 없고 아, 정말 실컷 웃었네 하는 생각뿐이다. 글쓰기도 다르지 않았다. 웃음 속에 슬픔이 숨어 있고 눈물 뒤에 미소가 뒤따라와야 그나마 읽어 줄 만한 글이 되는 것. 사실 좋은 글에 대해 떠들어 봐야 아무 의미도 없는 말일 뿐이다. 어차피 정답은 없다.

어쨌든 지금, 가까스로 글을 쓰는 사람들의 무리에 들어갔다. 어쩌다 보니 운 좋게 두 번째 책을 쓰는 것일 뿐 오래전부터 치밀하게 계획한 일은 아니다. 아직은 필명 하나 제대로 알리지 못한 무명작가지만 이름 옆 괄호 속에 '작가' 혹은 '에세이스트'라는 고상한 단어를 써 넣을 수 있게 되었다. 그럼에도 지금 내 얼굴에는 '고민'이라는 단어가 새겨져 있다. 자세히 보면 그 옆에 도돌이표도 보일 것이다. 돌고 돌아도 늘 제자리다. 이 문장은 빼고 넣고 빼고 넣고 빼느라 바쁘다. 자기 검열의 벽이 지나치게 높아서 뛰어넘기가 힘들다. 절대적 기준이란 없는 자체 심의를 거치면서 나에게 수많은 경고등을 켠다. 하염없이 나를 깎고 깎아서 점점 작아지게 만들거나 내가 아닌 다른 누구로 만들어 버린다. 남의 글과 내 글을 비교하며 눈물짓고, 누군가의 글을 보며 '내가 이런 글 쓰려고 했는데', '나도 이런 글 쓸 수 있는데' 식의 한발 늦은 사람이 하는 탄식을 내뱉는다. 이런 내용의 글을 쓰면 사람들의 주목을 받을까? 하고 꺼내 놓으면 나보다 먼저 태어난 사람들이 이미 오래전에 그 주제로 책을 낸 적이 있었다. 끊임없이 다른 주제를 찾아내도 매번 그랬다. 세상에는 고수가 많았고 야속하게도 쓸모 있고 꼭 필요한 소재들은 그들이 다 선점해 버렸다. 따라서 나는 형제가 많은 집에 태어나 원하는 것을 고를 수 없는 막둥이처럼 행동할 수밖에 없다. 실력이나 처지와는 상관없이 창작 앞에서는 누구나 마음속에 야심을 품는 법이다.

아침에 눈을 뜨면 '글을 써야 하는데' 하고 생각한다. 글을 써 달라는 의뢰라도 받은 작가처럼 군다. 글을 쓰고자 하는 열망에만 사로잡힌 게 아닌가 하는 생각이 들면 그런 자신이 우습고 부끄럽지만, 쓰고 싶은 열망은 쉽게 사라지지 않는다. 무엇을 쓸 것인가를 고민하는 시간마저도 즐겁다. 한동안은 쓰고 싶다는 열망에 들떴고 써야 한다는 당위성을 찾느라 바빴다. 어떤 장르를 선택하는 것이 좋을지를 생각하느라 a4 한 장을 채우지 못한 날도 부지기수였다. 그렇게 흐지부지 시간을 흘려보내는 자신이 싫어지려는 순간 글감으로 떠오른 건, 10년 전부터 써 온 일기였다. 그건 한 남자와 한 여자의 끊어질 듯 끊어지지 않는 인연과 죽을 때까지도 이해하기 힘들 기이한 부부의 세계에 대한 이야기다. 매일 밤 그 일기를 손보고 있다. 사실을 바탕으로 한 소설을 완성하고 싶다. 다른 건 몰라도 리얼리티만큼은 자신 있다.

사람들이 깜짝 놀랄 만한 글을 쓸 용기를 갖고 싶다. "이 사람, 이런 글을 써도 괜찮은 걸까?" "이렇게까지 까발릴 필요가 있을까?" 읽는 이들이 글쓴이를 걱정하는 상황이 연출된다면 얼마나 재미있을까. 제인 오스틴이 그랬던 것처럼 내 문장도 누군가의 마음에 심어진 응어리를 단번에 풀어 줄 수 있다면 좋겠다. 웃기지만 슬프고 대수롭지 않지만 긴 여운이 남는 글을 쓰고 싶다.

몹시

궁금한 것

어디 가서 명함도 못 내미는 무명의 글쟁이지만 웬만한 작가들이 하는 고민은 전부 하는 편이다. 이를테면, 뭔가를 써야겠다고 마음을 먹고 책상에 앉으면 난데없이 생계를 걱정하기 시작한다. 삶을 유지할 다른 대안도 없이 이렇게 글을 쓰고 있어도 되는가 하는 생각이 드는 것이다. 글을 쓰지 않고 놀고먹을 때는 아무 생각 없이 살았으면서 글만 쓰려고 하면 투잡을 해야 하나 싶어진다. 우여곡

절 끝에 글을 쓰는 일 외에 다른 일을 시작하더라도 새롭게 시작한 그 일에 집중하지 못하고 또다시 쓸데없는 생각을 한다. 글을 쓸 시간이 많을 때는 딴짓을 하기 일쑤였으면서 글쓰기와는 상관없는 일 앞에서는 대단한 작가인 양 거드름을 피우게 된다. '아, 글을 쓸 시간인데, 내가 이럴 때가 아닌데.' 이 무슨 돼먹지 못한 짓인지.

2018년 한국고용정보원이 조사한 결과, 연봉이 가장 낮은 직업 2위는 시인이고, 소설가는 당당히 3위에 올랐다는 글을 보았다. 이런 통계가 아니더라도 주변을 보면 알 수 있다. 많은 작가들이 여러 가지 일을 한다. 어떤 이는 편의점 아르바이트 중이고, 어떤 이는 낮에는 회사, 밤에는 글쓰기로 언제나 피로에 찌들어 있다. 두 가지 일을 동시에 해 본 사람들은 안다. 두 가지 일을 모두 잘하는 경우는 매우 드물다는 것을. 대부분 이도 저도 아닌 어정쩡한 위치에 서 있게 된다. 그나마 강연 의뢰가 있는 작가는 형편이 낫다지만, 수입만 놓고 계산을 해 보면 대단한 돈벌이는 못 된다. 방 안에 틀어박혀 있기보다 많은 사람을 만나고 여러 가지 체험 속에 자신을 던져야 글쓰기 재료가 풍부해진다고 말하는 사람도 있는데 아무리 생각해도 틀린 말 같다. 글쓰기와 밥벌이를 병행하는 작가들을 위로하기 위해 하는 말일 것이다. 단순히 글감이 필요해서 다양한 체험을 하는 것과 먹고살기 위한 벌이는 엄연히 다르다.

> 작가에게 글쓰기란 이런 것 같습니다. 다른 모든 것을 포기하더라도 결코 손에서 놓을 수 없는 것. 다시 못 쓴다고 생각하면 차라리 죽는 게 낫지 않을까 절망하는 것. 하지만 원하는 결과물이 나오면 더없이 행복해지는 어떤 것.
>
> —조영주, 『어떤, 작가』, p.9[공(kong), 2020]

『어떤, 작가』에서 이 문장을 발견하고는 조영주라는 작가가 언제부터 글을 쓰기 시작했는지 궁금해졌다. 소설로 데뷔한 지 10년이 넘었으니 글을 쓰기 시작한 건 그보다 훨씬 전이었을 것이다. 보나 마나 힘든 여건을 버텨 냈을 것이다. 그런 작가의 지난 시간을 짐작하니 고개가 저절로 숙여진다.

경제적 어려움 속에서도 신이 나서 글을 쓴다는 것이 과연 가능할까. 글을 쓰겠다는 의욕도 결국 자신이 처한 상황에 따라 달라질 수밖에 없는 것 아닐까. 아무리 쓰고 싶다고 한들 당장 이번 달 공과금을 걱정해야 하는 형편이라면 글이 써질까. 단순히 즐거움을 위해서, 내면의 자극에 순수하게 응답하기 위해서 글을 쓸 수 있을까. 섣부르게 대답할 수 없는 문제다. "글 쓰는 일이 좋다고 해서 좋아하는 그 일로 생계를 이어 갈 수 있나요?"라는 나의 질문에 긍정적인 답을 준 작가는 단 한 명도 없다. 작가들은 창작인으로 살면서 삶의 팍팍함을 어떻게 견디고 참아 냈을까. 이제 막 두 번째 책을 쓰고 있는 나는 그것이 몹시 궁금하다.

책의 주변을

배회하면서

1

그런 일이 자주는 없지만 누군가가 내 책장을 보게 되면 그게 그렇게 신경이 쓰인다. 자세히 보는 게 싫다. 내가 무엇을 읽고 있는지 아는 것은 괜찮은데 책장 안의 모든 책을 낱낱이 보는 것은 내키지 않는다. 마치 내 머릿속을 들여다보는 듯한 느낌이 들어서다. '이 사람 이런 사람이구나', '이런 저급한 내용의 책도 있네?' 하고 웃음거리가 될 것만 같다. 그런데 나도 참 웃긴 게, 남의 책장을 보는 것은 좋아한다. 책장 속 책을 보면서 겉으로는 알 수 없는 그 사람의 취향이나 비밀을 상상하는 게 재미있다. 내 책장은 보여 주기 싫다면서 다른 사람의 책장은 침범하고 싶다고 뻔뻔한 말을 할 수 있는 건 실제로 그런 일을 저지르지는 않기 때문이다.

같은 책을 읽는 사람을 만나면 길에서 우연히 동창생을 만난 것처럼 반갑다. 반대로, 내 독서 취향과 겹치는 부분이 하나도 없는 사람을 알게 되면 그 사람에게 급격히 호기심이 생겨 아무 말이라도 걸고 싶다. 얼마 전에는 집 앞 편의점에서 『설국』을 읽고 있는 점원의 모습에 너무나 반가운 나머지 가방에서 같은 책을 꺼내 굳이 흔들어 보여 줬다. 그녀는 잠시 생각하다가 내가 무슨 뜻으로 책을 흔들었는지 깨닫고는 살포시 웃었다. 처음 만난 사람에게 쉽게 말을 걸지 못하는 성격인데 책을 읽는 사람과는 친해지고 싶어 안달이다. 한 사람이 읽는 책을 안다는 건 나에게 있어 우정을 쌓아 가는 데 필요한 시간의 상당 부분을 생략해도 좋을 만큼 빠르게 가까워지는 일이다.

책 읽는 사람들 주변을 배회하다 보면 생소한 제목의 책을 자주 만난다. 그런 순간이면 이 사람은 숨어 있는 책을 발굴하느라 얼마나 많은 시간을 책과 함께 지냈을까 하는 생각이 들면서 슬며시 질투심이 생긴다. 질투의 감정이 당혹스러워 얼른 눈을 돌리지만 결국 또 다른 사람의 독서 목록을 탐색한다. 누구의 독서 목록에서든 생소한 제목의 책을 발견하기란 그리 어렵지 않다. 내가 읽은 책은 세상에 존재하는 책의 백만분의 일도 안 되기 때문이다. 내가 생각하는 '숨은 책을 발굴하는 방법'은 보통 두 가지이다. '남의 독서 목록을 염탐하는 것'과 그보다 바람직하다고 여겨지는 '책에게 또 다른 책을 소개받는 것'. 얼마 전에도 책에게 책을 소개받는 짜릿한 순간이 있었다.

"부인은 내가 나의 행복을 희생하여 당신을 사랑하기를 원하시겠습니까?" "예." 그거 참 멋진 일 아니겠습니까? 그녀는 그녀의 행복을 희생하여 나를 사랑하겠고 나는 나의 행복을 희생하여 그녀를 사랑하겠고, 그래서 불행한 사람 둘이 생겨나겠지만, 사랑 만세!

_앤소니 드 멜로, 『깨어나십시오』, p.19(분도출판사, 2005)

앤소니 드 멜로Anthony de Mello라는 신부가 쓴 책, 『깨어나십시오』는 1993년에 출간된 책이다. 애당초 책을 읽지 않았다면 내가 무슨 수로 오래된 이 책의 존재를 알겠는가. 책 좀 읽는다는 사람들에게 유물 발굴자의 심정으로 이 책을 소개했는데, 역시 대부분의 사람들이 모르는 책이었다. 나는 그럴 때 이상한 짜릿함을 느낀다.

오늘도 어김없이 '독서 목록', '독서모임 책', '책 블로그', '문학 분야 인플루언서' 등을 검색한다. 출판사라면 무조건 팔로우를 하고 신간을 눈여겨본 다음 출간된 지 오래된 책 중에 놓친 책이 있는지 살펴본다. 놓친 책은 메모했다가 언제라도 꼭 찾아 읽지만, 책과의 숨바꼭질은 끝없이 이어진다. 숨어 있던 책들은 불쑥불쑥 나타나 이건 몰랐지? 하면서 약을 올린다. 그럴 때면 묻지도 따지지도 않고 읽을 책 목록 가장 앞자리에 재빨리 끼워 넣으며 생각한다. 세상에나, 이 책은 도대체 뭐야? 뭐하느라 놓친 거지?

2

서재의 냄새가 좋다. 정확하게 말하면 책의 냄새가 좋다. 새 책에서 나는 잉크 냄새도 좋아하지만, 책에 코를 박고

향을 맡아 보는 건 대부분 오래된 책들이다. 오래된 책 냄새를 재현한 향수가 있는 걸 보면 나처럼 오래된 책에 코를 박는 이상한 사람들이 꽤 있는 모양이다. 묵은 먼지 냄새와 오래된 종이에서 나는 냄새는 아련한 추억을 떠올리게 한다.

오래된 책 냄새를 좋아하는 여자가 등장하는 영화가 있다. 2006년 발표된 박현욱 작가의 소설을 원작으로 한 〈아내가 결혼했다〉다. 여주인공은 아름다운 배우 손예진이 맡았다. 서로의 관심사인 '축구'를 매개로 사귀게 된 주인공 인아(손예진)와 덕훈(김주혁). 인아가 사는 집에 덕훈이 처음 방문한 날, 책 냄새를 맡는 장면에서 나는 인아에게 홀라당 빠져 버렸다. 거실 전체에 철제 앵글이 들어차 있고 빛바랜 책들이 빼곡하게 꽂혀 있던 인아의 집과 "오래된 책을 모으는 게 취미예요. 이 책을 다 읽지는 않았어요" 하며 아무 책이나 빼서 숨을 깊게 들이마시며 책 냄새를 맡는 여자. 잊을 수 없는 장면이다. 책을 좋아한 것은 어릴 때부터였지만 책을 모으고 싶다고 생각하게 된 건 어쩌면 그 장면을 보고 나서였을지도 모르겠다.

40년 전에는 촌스러운 양복에 까만 서류 가방을 든 수상한 아저씨가 예고 없이 이집 저집을 돌아다니는 풍경이 있었다. 지금 같은 세상이면 대문조차 열어 주지 않겠지만 당시에는 대문을 아예 열어 놓고 사는 집들이 많았다. 그다지 반기는 사람도 없는데 남의 집에 불쑥 들어와 서류 가방을 펼치면, 가방 속에서 여러 개의 광고지가 쏟아져 나왔다. 할부 책 장수였다. 어른들은 책을 팔러 다니는 사람들에게 관대했다. 엄마도 이상하게 책장수 아저씨와 금방 친해지곤 했다. 책장수가 펼쳐 놓은 광고지를 구경하던 옆집 아줌마가 "아니 이렇게 어려운 책을 그 집 딸이 읽는다고?" 하면 대답하는 엄마의 목소리엔 자랑스러움이 묻어 있었다. "우리 딸은 조용해서 가 보면 엎드려 책을 읽고 있더라고." 엄마의 자랑이 끝나면 넉넉하지 않은 형편에도 책을 사는 순서가 기다리고 있었다. "그래서 이게 얼마라고요?" 엄마의 말소리에 귀를 열고 있던 나는 뛸듯이 기뻤다. 책장수 아저씨도 나만큼 기뻤을 것이다.

엄마는 나에게 어떤 책을 읽고 싶은지 물어본 적이 없다. 나에게 책을 선택할 권리가 없다는 것이 불만이었지만 그런 마음은 절대 표현하지 않았다. 어떤 책이든 사 주는 것에 감지덕지했으니. 그렇게 계몽사와 금성출판사의 전집들은 서비스로 주는 책장과 함께 내 방에 들어왔다. 예쁜 그림이 그려져 있는 빳빳하고 반질반질한 표지를 하나 하나 훑어보다 문득 고개를 들면 방은 어두워져 있었다. 하루하루 읽을 책이 사라지는 초조함을 느끼게 된 건 그 시절부터였다. 할부가 완전히 끝나야 다른 책을 사 주는 엄마의 규칙을 알기 때문이었다.

어른이 되고, 할부로 산 책은 아니지만 여러 권의 책을 갖게 되면서 자연스럽게 신경을 쓰게 되는 건 책의 보관이었다. 책을 좋아하게 되면 책에 담긴 내용과는 별개로 책이 지닌 물성도 사랑하게 된다. 사랑하는 것을 오랫동안 간직하고 싶은 건 당연한 이치다. 최대한 책을 서늘하게 보관하려고 노력하지만, 시간이 지나면 선명하던 표지의 색이 변하고 종이도 누레진다. 이사를 하다 보면 아무리 튼튼하게 짠 책장이라고 해도 흔들리기 마련이라 그럴 때마다 내 집이 무너지는 듯해서 마음도 함께 무너진다.

슬프게도 책은 피할 수 없이 상해 간다. 책의 상함을 경험하며 책의 무게를 잘 견디는 튼튼한 책장을 찾는 일이 하나의 즐거움이 되었다. 지금 당장 새 책장이 생긴다면 책을 어떤 식으로 배치할지 자주 상상한다. 얼마 전 독자와의 만남을 진행했던 책방처럼 무지개색으로 분류할까? 가나다순으로 할까? 역시 크기별로 하는 게 좋겠지? 아니면 장르별로? 몇 바퀴를 돌고 돌아 결국 제자리로 오지만,

그런 고민을 하는 시간이 더없이 행복하다. 고된 세월을
함께 견디며 변함없이 옆에 있어 주는 책이 고맙다.

어느 날엔가는

소설

밤마다 소설을 펼쳐 든 지 오래됐다. 어린 시절에는 특별한 기준 없이 골라 든 소설에게 항상 소망을 이야기했다. "내가 가 보지 못한 길로 나를 데려다줘", "현실에서는 상상할 수조차 없는 세상으로 가서 색다른 경험을 하고 싶어." 소설 속의 나는 꽤 그럴듯한 사람이거나 흥미진진한 영화 속 주인공의 삶을 살고 있다. 이 책에서 저 책으로 폴짝폴짝 뛰어다니며 여러 풍경 속에서 여러 이름으로 불렸지만, 현실은 여전히 작은 내 방 안이었다. "아직 안 자니?", "내일 학교 늦겠다." 엄마의 잔소리를 피하느라 작은 스탠드 불빛 하나에 의지해 숨죽이며 책장을 넘겼다.

매일 저녁 꽂혀 있는 책들의 책등을 천천히 살피다가 처음 골라 읽는 건 언제나 셜록 홈스거나 괴도 뤼팽이었다. 읽고 또 읽어서 모든 이야기를 통째로 외울 정도였다. 엄마에게 새 책을 사 달라는 말을 못 하고 그저 마음속으로 더 많은 책이 있으면 좋겠다고 생각했다. 읽은 책을 또 읽을 때마다 불만스러웠지만 추리 소설만큼은 달랐다. 읽을 때마다 흥미진진했다. 홈스와 의사 왓슨을 향한 호기심, 탐정이라는 낯선 직업, 치밀하고 과학적으로 보이는 현장 검증. 추리 소설은 10살 소녀를 신기하다 못해 두려운 세계로 초대해 주었다. 두려워서 두 눈을 질끈 감지만 궁금해서 참을 수 없는 세계였다. 그렇게 소설의 세계를 배회하면서 자연스럽게 소설가가 되고 싶다는 생각을 하게 됐다.

내 손에 잡히기만 하면 실컷 두들겨 패 주고 싶은 남자애가 있었다. 툭하면 공들여 묶은 머리카락을 잡아당겨 엉망으로 만들고 도망가는 그 애를 천하의 몹쓸 악당으로 만들고, 그 악당을 골탕 먹이는 용감하고 재치 있고 날렵

하고 예쁜 여자애(나)를 주인공으로 내세워 엉뚱한 이야기를 만들고는 다음 날 친구들에게 보여 줄 생각에 잠을 설칠 만큼 설레었던 일도 있었다. 아이들은 내가 지어낸 이야기를 좋아했지만, 이건 어른들에게는 말하지 못하는 우리만의 비밀이었다. 어른들이 알게 되면 그런 몹쓸 이야기를 만들어 낸 나와 그걸 읽은 아이들 전부 엄청나게 혼이 날 거라는 걸 모두가 알았다. 이상한 이야기에 빠진 친구들의 성화에 못 이겨 어떻게 하면 더 야릇한 이야기를 만들까 여름 방학 내내 고민에 빠졌었다. 나의 이야기는 점점 억지스러워졌고 결국 나는 소설 쓰는 재미를 잃어 갔다.

긴 겨울 방학 동안에는 청소년을 위한 계몽사 세계 문학 전집 50권을 읽었다. 세계 문학은 나를 어른의 세계로 데려다주었다. 『카라마조프의 형제들』이나 『데미안』 같은 책은 대학생 언니들이 읽을 것 같은 책이라서 좋았다. '테스가 잃었다는 순결이 구체적으로 어떤 걸까', '그걸 잃어버리면 무서운 일이 벌어지는 건가?' 책을 읽을수록 궁금증이 늘었다. 사춘기 소녀였던 나를 더욱 잠들지 못하게 한 건 모파상Guy de Maupassant의 『여자의 일생』이었다. 쟌느의 남편 줄리앙의 난잡한 생활을 도무지 이해할 수 없고 수동적이기만 한 잔느도 답답하고 이상했다. 어른들의 세계는 생각했던 것보다 훨씬 더 복잡했고 언제나 끝에 가서는 누군가가 죽었다. 어려운 형편에도 여러 종류의 책을 사 주시던 엄마의 바람과는 달리 나는 위인전은 읽지 않았다. 나폴레옹Napoléon의 위대함이나 헬렌 켈러Helen Keller의 인내심이 와닿지 않았다. 어린 나이에도 위인전의 마지막 장을 덮으면서 말했다. "그래서 어쩌라고?"

크고 작은 글쓰기 대회에서 여러 번 상을 받으면서 글 쓰는 것이 그렇게 어려운 일은 아니구나 하고 생각했을 뿐 쓰는 행위 자체가 나를 책상 앞에 진득하게 붙잡아 두지는 못했다. 쓰는 것보다 훨씬 흥미를 느꼈던 것은 역시 소설을 '읽는' 것이었다. 고등학생이 되어서는 집안 형편이 조금 더 나빠져 엄마가 더 이상 책을 사 주지 않았고, 나는 나대로 대학 입시에 대한 고민에 빠졌다. 그래서인지 그즈음은 '이 책을 꼭 읽어야지' 하고 마음을 먹기보다는 우연히 읽게 되는 책이 많았다. 그마저도 대충 읽었지만, 훗날 생각해 보니 지나치듯 읽은 그 책들에 영향을 받은 경우가 많았다.

큰 감동을 받은 것도 아니고 대단한 걸작도 아니었는데, 문득 생각나는 책들이 있다. 도서관에 가면 오래전 그 책들을 한번쯤 찾아보게 된다. 내 마음에 작은 등불을 밝히고 있던, 제목과 내용이 가물가물한 책을 찾아서 책장을 넘기면, 그 순간 잊었던 유년의 기억들이 한 편의 영화처럼 눈앞에 펼쳐진다. 밤을 새워 가며 이상야릇한 이야기를 썼던 그때, 내가 친구들의 마음을 들뜨게 했었지. 그런 적이 있었지. 내가 지어낸 이야기를 읽던 친구들의 상기된 표정이 떠오른다. 나의 글이 누군가의 마음에 새겨진다는 것이 얼마나 흥분되고 즐거운 일인지를 나는 경험으로 이미 알고 있었다.

소설을 쓰고 싶은 마음은 굴뚝같지만, 남들에게 보여줄 만한 이야기를 쓸 수 있을지 지금으로서는 확신이 없다. 뭔가를 쓰려고 하면 막막한 기분이 들어서 소설 작법 강의를 하는 곳을 찾아 헤매고 있다. 언젠가는 내 삶의 이야기를 꼭 소설로 써야지 생각하며 그저 옛 일기를 다듬으며 스토리를 더듬거리고 있을 뿐이다. 오랜 시간이 걸릴 거라는 것을 알기에 오히려 느긋하다.

고 전 의

역 할

책 읽기에 빠진 어린 시절부터 나름대로 부지런히 고전의 뒤를 밟았다. '세계 문학 전집'은 읽는 사람의 나이에 맞게 번역되어 나왔다. 초등학교 시절엔 초등학생용으로, 청소년 시절에는 청소년을 위한 책으로 읽었다. 하지만 고전의 세계는 무궁무진해서 지금까지도 못 읽은 책이 수두룩하다. 그중에서 마르케스Gabriel Garcia Marquez의 『백년 동안의 고독』은 책의 제목처럼 앞으로 백 년 동안 읽은 것도 안 읽은 것도 아닌 상태일지도 모른다. 읽다가 지루해서 덮어 두었는데, 사실 그런 책이 많다. 어떤 건 하도 유명해서 읽은 줄로 착각하고 있던 책도 있다. 단테의 신곡이 그렇다. 그런데 놀랍게도 읽지 않은 책에 대해 두 시간 이상 떠들 수 있다. 유명한 책들은 떠도는 이야기가 많아서 읽지 않아도 줄거리와 책이 하려는 말이 무엇인지 대강은 알 수 있다.

책 좀 읽는 사람인 척하고 싶을 때 주로 언급되는 책은 대부분 고전이다. "동물농장에서 늙은 돼지 메이저가 했던 말 기억나?" 그 정도 고전은 당연히 읽었을 거라는 전제하에 던지는 질문. 고전을 좋아하지 않는 사람에게는 달갑지 않은 질문이고 상대를 배려하지 않는 대화 방식이다. 남들이 읽지 않는 책들을 찾아 읽으며 "내가 얼마 전에 이런 책을 읽었는데 말이야" 하는 부류도 주로 고전을 언급한다. 예를 들면 이렇다. "권터 그라스라는 작가 알지? 아, 몰라? 그럼 양철북은 들어봤지? 그 권터 그라스가 쓴 넙치라는 책을 읽었는데 말이야. 넙치를 읽은 사람이 거의 없더라고"(책 내용을 말하기 전에 꼭 덧붙이는 말이다). 책으로 잘난 척하는 걸 즐기는 부류는 고전 중에서도 알려지지 않거나 내용이 어려워서 사람들이 쉽게 접근하지 않는 책들을 찾아 읽는다. 그리고 그 책들을 집으로 가져와 보기 좋게 전시한다. 솔직히 나도 이 부류에 속하지만, 고리타분한 고전 한 권을 옆구리에 끼고 궁금하지도 않은 책의 내용을 끊임없이 말하는 사람을 만나면 사람과 고전이 함께 싫어질 것도 같다. 그런 면에서 고전은 조금 억울할 것이다.

고전을 읽으면 피가 되고 살이 된다고들 하는데, 사실 고전에 손이 잘 안 간다. 스피노자Baruch de Spinoza의 『에티카』를 정독하고 싶고, 니체F. W. Nietzsche의 『자라투스트라는 이렇게 말했다』를 완벽하게 이해하고 싶은데, 니체의 책은 대체로 책장에서 탈출하지 못하는 편이다. 보물 상자처럼 소중하게 간직만 하고 있다. '아, 내게도 니체의 책이 있었지? 적어도 일 년에 한 번쯤은 철학책을 읽어야 하지 않을까?' 불현듯 그런 생각이 떠오르면 조심스럽게 꺼내 책을 쓰다듬고 한두 페이지를 건성으로 읽은 뒤 귀한 물건을 다루듯 조심스럽게 책장에 꽂는다. 요즘은 신간을 읽느라 바쁘다. 그러니 고전 읽을 시간이 어디 있겠나. 그럼에도 책은, 고전은 한결같이 친절하고 다정하다. 하지만 나는 뻔뻔한 배신자다. 한 권의 고전을 만나는 동안 그 책에만 빠져 있지 못하고 수많은 신간을 펼쳤다 접는다. 양다리도 모자라 삼다리까지 걸치는 만행을 저지른다. 그래서인지 얍삽한 사람들을 위해 읽은 척하기 쉽게 요약한 책도 많이 나온다. 신간의 유혹에 빠져 고전을 배신하는 나 같은 사람이 꽤 있는 모양이다.

그렇다고 나에게 고전이 압박감만을 주는 존재인 건 아니다. 나와 인연이 맞는 고전은 막연하기만 했던 세상을 선명하게 보여 주고 모호했던 관념들을 분명하게 확립시켜 주었다. 세상살이의 경험이 부족할 때 그나마 고전을 따라가면 포근한 위로와 안도감이 느껴졌다. 고전은 당장 필요하지는 않지만 추운 겨울을 대비하기 위해 쌓아 두는 장작 같았다. 다자이 오사무だざいおさむ의 『인간 실격』이 그런 책 중 하나였다. 한때 내가 속해 있는 인간 세상의 위선이랄까, 사회 질서의 잔혹함이랄까 그런 것들에 질려 있었다. '직장인으로 나는 실격인가?' 하는 생각을 했던 시절이라 그런지 제목에 끌려 읽게 된 책이다. 직장에서 영영 패배자가 될 것 같은 기분이 들던 밤, 몰입해서 읽는 바람에 다음 날 지각을 했다. 매일 종종걸음으로 지나가던 강변역 횡단보도와 차창 밖으로 반짝이며 흘러가는 한강의 모습이 어쩐지 어제와는 다르게 느껴졌다. 책 한 권으로 생각이 조금 바뀌었다는 것을 어렴풋하게 느꼈다.

얼마 전에는 생텍쥐페리Antoine de Saint-Exupéry의 『인간의 대지』에서 용기를 얻었다. 최근까지 나는 자본주의 사회에서의 성공에 회의를 느끼고 있었다. 자본주의에 적응하면서 안락함을 추구할 것인지, 아니면 돈이 주는 안락함을 버리더라도 마음의 평화와 의미를 얻을 것인지, 둘 중 하나를 선택하고 싶었다. 자본주의의 강박에서 벗어나고 싶다는 생각이 강했지만, 과연 그게 행복으로 가는 길이라는 확신이 없었다. "대지는 우리 자신에 대해 세상의 모든 책들보다 더 많은 것을 가르쳐준다. 이는 대지가 우리에게 저항하기 때문이다"로 시작하는 첫 문장부터 내 안으로 훅 들어왔다. 『인간의 대지』는 자신을 가장 위험한 위치에 놓으면서 자신의 정체성을 깨닫는 내용으로 한계를 극복하고 야성을 회복하자는 강력한 메시지를 담은 책이다. 나의 정체성이 무엇인지 깨닫지 못하고 그저 사회가 시키는 대로 습관적으로 살아왔던 내 모습을 발견하게 한 고전이었다.

물론 남들이 아무리 좋다고 해도 나만큼은 그 사실을 인정하기 힘든 책도 있다. 내게는 블라디미르 나보코프Vladimir Nabokov의 『롤리타』가 그랬다. '롤리타'를 부르면서 시작해 '나의 롤리타' 하며 끝나는 이 책은 나에게 있어서 어린 소녀한테 성인 남자가 놀아나는 이야기였다. 읽으면 읽을수록 나보코프의 얼굴이 궁금해졌고, 이 작품에 가장 애착이 강하다는 말을 듣고는 작가의 성적 취향을 의심했을 뿐이다. 나로서는 도무지 알아들을 수 없는 은유와 곳곳에 숨겨진 상징들을 두고 '패러디와 언어유희의 걸작'이라고 말하는 평론가도 있다는데, 쉽게 동의하지 못하겠다. 학자들과 서평가들은 인내심을 갖고 조금만 깊이 읽어 보면 미사여구로 포장한 폭력의 이야기라고도 했다. 하지만 나는 끝까지 읽을 인내심이 부족했다. 나에게 『롤리타』는 중년 남자의 파렴치한 소녀 취향 판타지를 적당하게 합리화한 내용일 뿐 다시는 읽고 싶지 않은 책이다. 나와 비슷한 느낌을 받은 사람들에게 참 욕도 많이 먹었고 여전히 논란의 중심에 있는 책. 번역에 따라 다르게 읽힌다며 다시 읽어 보라는 권유를 받기도 했는데, 아직까지 끌리지는 않는다.

어쨌거나 중요한 건, 고전이든 신간이든 자신에게 맞는 책을 발견하기 위해서는 책을 보는 안목이 필요하고, 그 안목을 기르기 위해서는 책을 많이 읽어야 한다는 결론에 이르며, 결국 책에서 답을 찾는 수밖에 없다는 말이 된다. 한 바퀴를 돌아 다시 제자리다.

여 행 대 신

책

한참 방황하던 젊은 시절에는 나이가 들면 눈앞의 모든 일이 선명해지고 절대 길을 잃는 일은 없을 거라 믿었다. 그때는 젊음이 이렇게 힘든 거라면 차라리 하루빨리 나이가 들었으면 했다. 이걸 언제 다 쓰나 하다가 중간을 넘어가면 언제 이렇게 줄었나 싶은 두루마리 휴지처럼, 시간은 어느 때부턴가 빠르게 흘러갔고 나는 어른이 되었다. 그런데 그렇게 바라던 어른이 되고 보니 예상과 달랐다.

나이가 들어도 미아가 된 기분은 그대로였다. 괜찮은 어른인 척 꼿꼿하게 서 있는 건 고사하고 자꾸만 누군가에게 어리광을 부리고 싶고 중요한 선택을 할 때마다 주저앉아 울고 싶은 것도 여전했다. 내키는 대로 마음껏 방황하면 좀 나을 것 같았지만 어른이 됨과 동시에 혼자가 되어 버린 내게는 젊은 시절처럼 방황할 시간이 주어지지 않았다. 만만하지 않은 현실만 기다리고 있었다.

힘든 현실을 벗어나는 방법으로 가장 먼저 여행이 떠올랐다. 하지만 마음 편히 가방을 꾸리지 못했다. 나라고 여행을 떠나는 즐거움을 몰랐을까. 마음대로 쓸 수 있는 시간이 생기면 여행도 떠나고 거리가 멀다는 핑계로 만나지 못한 친구도 찾아가리라 벼르지만, 여유 시간은 언제나 갑자기 찾아왔다. 그리고 예고 없이 찾아온 시간은 뭉텅뭉텅 덩어리째 흘러가 버리고 말았다. 선물같이 찾아온 시간에 감격해 우왕좌왕하다가 지금부터 본격적으로 여유를 즐겨 볼까 싶으면 이미 시간은 저만치 앞서가 있어서 황망한 마음이 됐다. 자꾸만 억울했다. 뭐라도 해야겠다는 마음에 궁여지책으로 책을 읽었다. 그나마 비교적 돈이 적게 들고, 드는 돈에 비해 누릴 수 있는 즐거움이 컸고, 절박했으므로. 누군가 나에게 "당신은 어떻게 책을 좋아하게 되었나요?" 하고 물으면 "기댈 곳이 책밖에 없었습니다"라고 대답할 것이다.

세상에 대한 호기심과 지적 허영을 채워 줄 양식, 흔들리는 나를 붙들어 줄 손길들, 나보다 먼저 산 이들의 깨달음, 삶의 그림자에 갇힌 내게 건네는 위로가 모두 책 속에 있었다. 현실에서 못다 한 여행이 책 속에서는 가능했다. 세계 여러 곳을 돌아다녀도 집으로 돌아올 걱정이 없었고, 돈 걱정을 하지 않아도 되니 마음이 편했다. 그렇게 여행 대신 책을 품게 되니 삶에 막연함이 찾아올 때면 더듬거리며 책 속에서 길을 찾는 방법 외엔 모르는 사람이 됐다. 주방은 서재가 되고 식탁은 책상이 되었다. 식구들이 밥을 먹으려고 식탁으로 몰려들 때는 재빨리 책을 구석진 곳에 밀어 놓아야 했지만 혼자 있는 시간이면 어김없이 책을 끌어당겼다. 어느 순간 박완서의 산문집을 읽으며 꽈리고추의 꼭지를 따는 기술이 생겼다. 하지만 버지니아 울프Virginia Woolf의 문장을 이해하며 음식을 하는 건 불가능하다. 그런 날의 저녁 메뉴는 배달 피자나 치킨이다.

정말 말도 안 되게 빛나는 문장을 만나는 순간이 나는 너무나도 좋다. 그런 문장은 마치 "당신의 삶이 지금은 바닥을 치고 있지만 언젠가는 달라질 테니 잘 참고 견디라"

고 나에게 해 주는 응원 같다. 어려서부터 책은 나에게 매우 중요했고 지금도 그렇다. 책을 읽으면 속이 든든해졌으니 나에게 책은 밥이었다. 가난한 내게 허락된 유일한 사치는 책을 읽는 시간이었고. 버릇처럼 끼고 잠들었고 서점에 들르게 되면 뭐라도 들고 나왔다. 주머니는 언제나 비어 있었지만, 책 옆에 있을 때만큼은 부자가 된 기분이었다. 책이 없었다면 앞뒤로 꽉 막힌 삶을 무엇으로 구제받았을까.

여행 대신 독서를 한다고 말하면, 어떤 이는 이해한다는 표정을 짓고 어떤 이는 이해할 수 없다는 얼굴을 한다. 여행보다 독서를 하게 된 내 삶에 불만은커녕 왜 조금 더 일찍 책을 가까이하지 않았을까 하는 아쉬움이 더 크다. 죽기 전에 가 보지 못한 여행지가 많은 건 아무렇지도 않은데 읽지 못한 책이 많으면 억울할 것 같다.

서 재 가 있 는

호 수

1

이게 무슨 현상인가 싶게 여기저기에서 독서모임이 활발하다. 갑작스러운 이 들끓음이 무엇 때문인지는 잘 모르겠다. 오래전에 〈책 책 책 책을 읽읍시다〉라는 텔레비전 프로그램이 독서 열풍을 일으킨 적이 있었다. 방송에서는 한 달에 한두 권 지정도서를 선정했는데, 선정되는 책마다 베스트셀러가 되었다. 독서환경이 열악한 지역에 어린이 도서관을 세우는 '기적의 도서관' 사업도 추진했던 좋은 프로그램으로 기억하고 있다. 『괭이부리말 아이들』이나 『봉순이 언니』는 그때 알게 된 책들이다.

프로그램이 끝나자 독서 열풍은 언제 그랬냐는 듯 거품처럼 꺼졌다. 그런 경험을 몇 번 하고 나니 책 읽기 열풍이 일시적인 현상으로 끝나 버린다는 것을 알게 되었고, 서점에서 '무슨무슨 프로그램에서 언급한 책'이라는 스티커가 붙은 책을 보게 되면 또 시작이구나 하는 생각과 사람들이 그렇게라도 책을 가까이해서 다행이라는 생각이 서로 맞선다. 아무튼 책을 읽는 사람들이 많아지는 것은 좋은 일이다.

나는 고독한 애서가로 언제나 혼자 읽는 사람이었다. (옆 사람의 존재 자체가 집중을 방해하기 때문에 영화관에 갈 때도 혼자 가는 편이다.) 단 한순간도 다른 사람들이 책을 읽으며 무슨 생각을 하는지 궁금해한 적이 없었다. 책 읽는 시간은 소심하고 지질한 한 인간이 자신이 처한 현실과는 다른 삶을 상상하고 힘든 현실에서 도피하는 시간이었기에 남의 책 읽기에 관심을 둘 여유가 없었다. 한마디로 내 코가 석 자였다. 읽는 동안만큼은 혼자만의 공상이 절실했고, 따라서 다른 사람은 내 공상을 방해하는 방해꾼일 뿐이었다. 책이 아니라면 나처럼 소극적인 사람이 다른 장소 다른 시간 다른 경험을 가진 사람들의 이야기를 어디서 들을 수 있을까.

사람들은 어지간해서는 자신의 상처를 말하지 않는다. 그런 건 책에서나 볼 수 있는 이야기다. 남들과 다른 처지와 아버지의 부재가 주는 슬픔을 위로받고, 가난과 미래에 대한 불안을 달랠 수 있었던 유일한 시간은 책을 읽을 때였다. 누군가의 아픔과 상처의 기록을 읽을 때는 나만 힘든 게 아니라는, 사는 건 너도나도 비슷하다는 사실이 얼마나 위안이 되던지, 책 덕분에 덮어 두었던 고통을 꺼내 볼 용기를 얻었고 지나온 시간을 다시 배치해 볼 수도 있었다. 내게는 흐르는 피를 대충 닦아 내고 아무렇게나 붕대로 감아 둔 오래전의 상처가 있었다. 붕대를 풀고 상처를 볼 용기가 없어서 애써 모른 척했었지만, 책의 도움으로 붕대를 풀고 약을 바를 수 있었다. 이렇듯 책은 대체로 다정했다.

하지만 냉정할 때는 완전히 다른 얼굴로 변했다. "봐라! 네가 살아온 세상이, 앞으로 살아갈 세상이 이렇게 더럽고 치사하다. 세상이 얼마나 부조리한지, 인간이란 존재는 또 얼마나 나약한지 똑바로 봐라." 책이 말해 주는 현실 세계는 무서웠지만, 조금이라도 덜 아프기 위해 예방주사를 맞는 심정으로 책을 읽었다. 그렇게 책을 읽다 보니 어느 날부터 '읽다'라는 말과 '경험하다'라는 말의 의미가 같다는 것도 알게 되었다. 어쨌거나 확실한 건 책의 마지막 장을 덮는 순간의 나와 책을 읽기 전의 나는 다른 사람이라는 사실이었다. 현실을 똑바로 바라보는 눈과 현실을 받아들일 수 있는 태도는 그런 식으로 조금씩 생기고 있었다.

가끔 책이 사람이라면 어떨까 상상해 본다. 책이 사람이라면, 아마도 징글징글하게 말이 많은 사람일 것이다. 지치지도 않고 자기주장을 펼치는 사람. 독서광들은 말 많은 상대와 계속 관계를 이어 가는 것이다. 끊임없이 자기주장을 펼치는 책도 대단하지만 그보다 더 대단한 건 책을 사랑하는 사람들이다. 책에 대한 사랑이 없다면 무슨 수로 그 많은 말들을 듣고 있겠는가. 문득 애서가이자 독서광들이 궁금해졌다. 책을 많이 읽은 이들은 삶이 혹독한 이유를 알고 있을까. 그들의 말을 들어보고 싶어졌다. 같은 책을 읽고 나와는 전혀 다른 생각을 하는 사람들도 만나고 싶었다.

그런데 그러려면 책을 읽는 사람들 속으로 들어가야 했다. 독서모임에 참가하는 일은 책 속으로 걸어 들어가는 일이라 흥미를 끌었지만, 사람들 곁으로 다가가는 일이기도 해서 주저했다. 책을 좋아하지만, 책을 읽는 사람들까지 좋아하지는 않았다. 줄곧 혼자 책을 읽으며 키워 온 못난 아집이 드러날 것이 두려웠고, 책을 많이 읽은 사람들 앞에서 주눅이 들어 말 한마디 제대로 하지 못할 것도 같았다. 나이가 많아서 젊은 사람들이 불편해질 것도 걱정이었다. 그럼에도 불구하고 받아 주는 곳이 있다면 가고 싶었다. 그때가 아마 내 인생에서 책의 끌어당김이 가장 강한 시절이었을 것이다. 그렇게 모임에 참여하게 되었다. 한 달에 두 번, 월요일 오전 10시. 나는 3년 동안 그 모임에 참석했다.

3년이 지나고, 마치 월요일 오전 10시 모임이 끝나기를 기다린 사람처럼 재빨리 새로운 독서모임을 꾸렸다. 이번에는 참여자가 아닌 운영자가 되는 것이었지만, 3년 전 처음 독서모임에 나갈 때와는 다른 자신감이 있었다. 운영하는 블로그에서 내가 정한 도서 목록으로 책을 함께 읽는 사람들이 있었기에 독서모임 모집 공지를 하면 한두명 정도는 올 것 같았다. 2주에 한 번, 일요일 오전 10시.

이름은 '서재가 있는 호수'. 어떤 책을 읽게 될까? 얼마나 재밌는 시간이 될까? 솔직히 그런 것보다 나를 더 설레게 하고 한편으로 긴장하게 만든 건 '어떤 사람들을 만나게 될까?'였다.

2

무슨 일이든 열심히 하고 잠시도 가만히 앉아 있지 못한다. 열망이 들끓고 있다는 것은 이글이글 타오르는 눈을 보면 누구라도 알 수 있다. 어깨는 항상 긴장으로 굳어 있고 누군가 사소한 질문이라도 하면 기다렸다는 듯 재빠르게 대답할 준비가 되어 있다. 믿음직스럽고 든든한 사람이라는 말을 듣기 좋아하는 편이다. 다른 사람의 평가에 예민하게 반응한다. 성과를 내기 위해서라면 무슨 일이든 한다. 그에게는 '농땡이'라는 단어가 존재하지 않으며 언제나 완벽을 추구한다. 모든 일에 열과 성을 다하다가 배터리가 방전되듯 한순간에 블랙아웃이 되기 쉽다. "내 인생은 왜 이렇게 피곤하지? 나는 사는 게 왜 이렇게 힘이 들까?"라는 말을 자주 한다.

재미로 하는 성격 유형 테스트의 결과 같지만, 과거의 나를 생각나는 대로 적어 본 것이다. 독서모임을 하면서 가장 많이 만난 유형이기도 하다. '이게 너였어. 네가 어땠는지 직접 확인해 봐.' 운명이 나를 괴롭히려고 고약한 장난이라도 치는 것처럼 그런 사람들을 불쑥불쑥 마주쳤고, 나는 나 같은 사람들에게 자주 골탕을 먹었다.

그들은 마음이 아픈 사람들이었다. 그들의 마음속에는 성장하지 못한 아이가 한 명씩 살고 있었다. 대부분 어린 시절 부모의 사랑을 받기 위해 지나치게 애썼고, 의존하고 싶은 욕구는 충족되지 못한 사람들이다. 그런 사람들은 대체로 의지가 되는 누군가가 자신을 보호해 주고 이끌어 주기를 바라는 마음이 강하다. 부모를 대신해 줄 어른을 찾아다닌다는 뜻이다. 자신을 사랑하고 지지해 줄 것 같은 사람을 만나기 위해서 독서모임 방랑자로 사는 사람들. 그들은 의지가 되어 줄 것 같은 상대를 만나면 부담스러울 정도로 헌신하면서 그 사람의 마음에 들기 위해 노력한다. 누구보다 책이 내려 주는 처방을 믿는 것처럼 보이지만 사실은 어설픈 연기인 경우가 많다.

내 속에 살고 있는 내면의 아이는 상대 속에 살고 있는 내면의 아이를 금방 알아본다. 내가 그들과 다른 점이 있다면 어쩌다 조금 일찍 책을 읽기 시작했다는 것 정도일 뿐, 따지고 보면 그들이나 나나 도긴개긴이다. 내가 누굴 보살필 형편이 아니다. 그래서 사랑과 관심을 찾아 방황하다가 독서모임에 이르게 된 사람을 만나면 '또 올 것이 왔구나' 하는 심정이 된다. 그들은 독서모임의 리더인 내가 자신에게만 특별히 다정하게 대해 주기를 바란다. 모두에게 공평하고 객관성을 가져야 하는 내 입장을 인정해 주지 않는다. 내게서 조금이라도 거리감을 느끼면 울상을 짓고 상실감으로 몸부림친다.

이쯤 되면 미치고 팔짝 뛰고 싶은 사람은 나다. 모임에 참석하는 다른 사람들에게도 미안해지고, 내가 무슨 부귀영화를 누리겠다고, 운영비를 받는 것도 아닌데 왜 이런 마음고생까지 하면서 이 모임을 끌고 가는가 싶었다. 그런 생각이 들 때면 이 모임이 나에게 무슨 의미가 있나를 처음부터 다시 생각하곤 한다. '그만둘까? 아니지, 모임을 꾸린 사람으로서 그건 너무 무책임해. 열 명 중에 한 사람이 분위기를 흐리면 나머지 아홉 명을 위해서라도 그 한 사람을 핀셋으로 집어내야겠지? 그 사람에게 무슨 말을 어떻게 해야 큰 소란 없이 스스로 물러날까….' 열 명을 아홉 명으로 만들 방법을 골똘히 생각하다가 문득 내가 사람에게 못할 짓을 하고 있다는 생각이 든다. 오만가지 생각 끝에 나라는 사람은 끝내 아무 말도 못할 거라는 것도 깨닫게 된다. 독서모임은 그런 식으로 무한 반복된다.

몇 년을 이렇게 사람에게 시달리다가 책이고 사람이고 다 진절머리가 날까 봐 걱정이 될 때면 가만히 눈을 감고 감정의 흐름을 따라 마음의 움직임과 질감을 천천히 더듬으며 자신에게 조용히 묻곤 한다. 고독한 애서가로 돌아가고 싶은지, 함께 읽음으로써 느끼는 즐거움과 유익함을 포기할 수 있는지. 이 질문 끝에 서면 결국 이렇게 대답한다. '버틸 수 있을 때까지 버티고 싶어요'라고.

다수의 사람을 만족시켜야 하는 상황에서 모임의 운영자로서 마음의 균형을 유지하는 일은 여전히 숙제로 남아 있다. 지금은 그저 마음이 혼란스러울 때마다 밀어 두었던 책을 끌고 와서 읽는 것으로 임시방편 할 뿐이다. 세월이 가고 경험치가 늘면 좋지 않은 상황이 오더라도 지금보다는 여유롭게 대처할 능력이 생기겠지 하고 막연한 기대를 하면서.

3

어떤 책을 읽으면 좋을지 묻는 사람이 많다. 그러면 나는, "책을 많이 읽으면 삶이 근본적으로 변해요. 책으로부터 얻은 다양한 감정과 사유가 저를 변화시켰다고 생각하거든요. 책 많이 읽으세요" 하고 신이 나서 대답한다. 읽을 만한 책을 추천해 달라는데 엉뚱하게 책을 읽으면 무슨 일이 일어나는지 떠드는 것이다. 이러니 책 읽는 사람을 고리타분하고 재미없다며 질색하는 사람들이 있는 건지도 모르겠다.

책에 인생의 진리 같은 건 들어 있지 않았지만, 적어도 내가 진리라고 믿었던 것들을 검토할 수 있는 능력 정도는 길러 주었다. 책은 나를 비춰 보는 영혼의 거울이었다. 책을 통해 긍정적으로 변한 내 모습이 얼마나 매력적인지 내가 나를 보며 깜짝 놀란다.

독서모임을 하면서 마음속에 정한 원칙 두 가지가 있다. 자신의 삶에 유익하고 배울 만한 것이 있다고 느끼면 참석하고 아니면 오지 않아도 되는 자유성과 단순한 친목 모임이 아닌 독서모임으로서의 고유성이다. 삶이 어느 지점에 멈춰 있는 것 같다면 당신도 언제든 환영이다. 아무튼 지금까지 내 인생에서 나를 배신하지 않은 건 고양이와 책뿐이었다.

개가 되고 싶은

고 양 이

1

누군가의 손끝만 닿아도 짜증이 폭발할 것 같은 열대야에 38도인 고양이의 체온을 고스란히 받아들이며 잠을 청해야 한다는 것을 알았더라면, 내 침대는 어느새 고양이의 차지가 되고 나는 점점 불편한 자세로 잠들어야 한다는 것을 알았더라면, 아니 물을 마시지 않는 습성 때문에 쉽게 병에 걸린다는 고양이를 위해 집 안 여러 군데에 물그

룻을 놓아야 할 뿐 아니라 생각날 때마다 신선한 물로 갈아 줘야 한다는 것을 알았더라도, 나는 3년 전 그날 밤 고양이와의 인연을 붙잡지 않았을지 모른다.

고양이는 낮에는 잠에 취해 있고 밤이 되면 장화 신은 고양이 푸스처럼 건들거리며 집 안을 헤집고 다니는 야행성 동물이다. 매우 예민해서 미리 양해를 구하지 않고 사료를 바꾸면 몇 날 며칠 식음을 전폐한다. 눈물로 호소하며 손이 발이 될 때까지 빌면서 예전에 먹던 사료를 갖다 바쳐도 쉽게 마음을 풀지 않는다. 스스로 마음이 풀어질 때를 기다리거나 조금 더 새롭고 조금 더 맛있는 간식을 구해다가 코앞에 들이밀며 "귀여운 고양이님! 그만 기분을 풀어 주세요" 하고 사정을 한다. 나의 그런 노력에도 별 효과가 없어서 '우울한 기분을 풀어 주고 잃어버린 식욕을 되찾아 준다'는 약을 처방받아 먹인 적도 있다. 고양이 스스로 약을 먹지 못하니 고난의 강제 급여를 해야 했다. 약 먹이는 일이 너무 어려워서 여러 번 울었다. 그때 물려서 생긴 상처가 흉터로 남았다. 고양이와 처음 동물병원에 갔을 때는 진료비 영수증을 보고 놀라 자빠질 뻔했다. 내가 암 수술을 했을 때를 빼고 그렇게 큰돈을 병원에 수납한 적이 없었다. 그날 이후로 고양이가 아플 때를 대비

해 마음의 준비와 더불어 고양이 병원비를 위한 적금을 붓고 있다.

고양이와의 동거는 분명히 고생길과 꽃길이 함께 펼쳐지는 환상적인 세계다. 냉정한 한 인간이 고양이의 도움을 받아 이토록 험난한 세상에 태어난 이유를 찾게 됐다고 말하면 조금 오버인 것 같고, 적어도 동물에게만큼은 완전히 다른 사람이 되었다. 동물이라고는 도무지 관심도 없고 생명의 소중함은 그저 하나의 관념으로만 여겼던, 내 자식 하나 보살피기도 버거워 진땀을 흘리던 내가 어느 날부터 길고양이의 잠자리를 살피고 길고양이를 만나면 언제라도 꺼내 줄 수 있게 사료와 간식을 가방에 넣어 다닌다. 내 고양이든 남의 고양이든 가리지 않고 오금이 저리게 예쁘고 소중해서 어쩔 줄을 모른다. 고양이에 관해서라면 기쁜 소식이든 슬픈 소식이든 눈물부터 펑펑 흘리는 사람이 되었다는 건 어쨌거나 놀라운 일이다.

모든 사람이 나처럼 동물을 좋아하는 사람으로 바뀌었으면 하는 터무니없는 바람이 있지만, 그건 어디까지나 고양이를 사랑하는 마음에서 나오는 내 욕심일 뿐이다. 오히려 고양이를 감당할 준비가 되지 않았다면 섣불리 이 세계에 발도 들이지 말았으면 하는 게 솔직한 심정이다.

사실 이 말을 하기 위해 이 글을 쓰고 있다.

2

아파트 뒤쪽 산책로로 향하는 다리 위에서 치즈 고양이를 만났다. 한 걸음 다가가니 두 걸음을 도망가고 눈높이를 맞추려고 앉으니 귀여운 얼굴에 잔뜩 힘을 주고 불만스럽게 나를 바라본다. 촉각을 곤두세우고 내 움직임을 주시하는 모습에 왠지 미안해져 빨리 자리를 피했다. 사람을 경계하는 고양이의 마음을 알면서도 마음이 찢어질 듯 아프다.

　길 위의 고양이들의 삶이 나는 너무나 애달프다. 하지만 아픈 건 언제나 나 혼자일 뿐 고양이는 좀처럼 약한 모습을 보이는 일이 없다. 언제든 달아날 준비를 하는 몸짓과 누구에게도 얕보이지 않겠다는 의지가 담긴 눈빛이 사람들의 오해를 부른다. 독하다고, 무섭다고. 길에서 사는 고양이들이 사람에게서 되도록 멀어지길 바란다. 사람들의 시선을 피해 좋아하는 음식이 있고 겨울에는 따뜻하고 여름에는 시원한 곳으로 가기를 바란다. 그런데 아무리 생각해도 그런 곳이 없으니 나는 정말 어쩌면 좋을지 모르겠다.

우연히 읽게 된 그림책에서 우리 집사와 닮은 고양이를 봤다. 일정한 거처도 없이 떠도는 길고양이가 주인과 함께 사는 개를 부러운 눈으로 바라보며 하는 말이 적힌 페이지를 읽다가 그 자리에서 펑펑 울고 말았다. 요즘 나는 고양이와 개를 생각하며 자주 운다. 사랑하기 때문에 울어야 할 일이 많다. 그러나 나는 기꺼이 사랑할 것이다. 사랑하는 것은 눈물까지 포함하는 일이기 때문이다.

'나에게도 나를 다정스레 미유라 불러주는 누군가가 있었으면……'
나는 처음으로 다른 누군가가 되고 싶어졌어요.
… 나는 한순간 진심으로, 개가 되고 싶었습니다.
— 이이랑, 『개가 되고 싶어요』, p.30~33(무아북스, 2020)

집 사 를 사 랑 한

집 사

온종일 고양이를 관찰하고 함께 뒹굴며 시간을 보낸다.
고양이가 없으면 못살 것처럼 구는 나를 보며 사람들은
내가 원래 동물을 좋아했을 거라고 짐작하지만, 오히려
나는 동물에 조금도 관심이 없는 사람이었다.

나의 유년 시절은 규모가 큰 동물원과 청룡열차가 있던
어린이대공원에서 시작해서 어린이대공원에서 끝났다고
해도 과언이 아니다. 내가 다니던 초등학교 선생님들은

새로운 소풍 장소를 물색하는 데 관심이 없었다. 봄 소풍이 아니면 가을 소풍이라도, 일 년에 한 번은 어린이대공원으로 소풍을 갔다. 고학년이 되어서는 넓은 공원 안 어디에 떨어뜨려 놔도 아이스크림 매점을 찾아낼 수 있을 정도로 공원 지리에 익숙해졌고, 사자가 사는 곳에서 분수대로 가는 지름길이 어느 쪽인지, 사람만 보면 다가와 예의 없이 오줌을 싸서 보고 있으면 어딘가 부끄러운 마음이 들게 하는 뻔뻔하고 냄새나는 원숭이가 어디에 있는지 모두 외울 정도였다. 친구들이 호랑이를 보느라 정신이 없을 때 나는 호랑이를 바라보는 아이들의 눈을 바라보거나 친구가 빨아먹고 있는 아이스크림이 천천히 녹는 모양을 바라보았다. 절대 먹고 싶어서는 아니었다. 그나마 가장 오래 머물던 곳은 오랑우탄 가족이 사는 곳이었는데 아마도 사람과 비슷한 행동을 하는 오랑우탄이 신기해서였을 것이다. 바나나 껍질을 까는 손, 새끼를 업고 걷거나 따뜻한 봄 햇살 아래 앉아 서로의 털을 헤집고 이를 잡아 주는 모습을 바라보면서 진화론에 대해 생각해 봤던 것도 같고. 믿거나 말거나다. 어쨌거나 나는 동물원보다는 동물원에 놀러 가자고 부모를 조르는 아이들이 더 신기한 아이였다.

동물에 얼마나 관심이 없었는지를 말해 주는 오래전 기억이 하나 있다. 중학생이 되었고 어린이대공원보다 백배는 더 재미없는 경기도 일대의 왕릉으로 소풍을 가기 시작했을 무렵이었다. 어느 여름날 달궈진 시멘트 마당에 혀를 내밀고 납작 엎드려 있는 낯선 개를 보았다. 동네 골목길에서 흔하게 마주칠 수 있는 누런 개로, 꼬리가 동그랗게 말려 있고 눈동자가 유난히 까만, 어딘가 주눅이 들어 보이는 개였다. 나를 보면 발딱 일어나 조심스럽게 꼬리를 흔들며 조용히 발 앞으로 걸어왔다. "오랫동안 굶주렸는지 뱃가죽과 등가죽이 달라붙은 상태로 동네를 배회하는 모습이 안쓰러워 밥을 챙겨 주었고, 그러다 보니 자연스럽게 우리 집 마당에 머무는 시간이 늘었고, 최근에 완전히 정착한 것 같다"는 게 엄마의 설명이었다. 엄마는 그 개를 '누렁이'라는 흔하고 촌스러운 이름으로 부르고 있었다.

그 개가 우리 집에서 밥을 먹기 시작하고 누렁이라는 이름으로 불리는 동안 나는 누렁이의 존재를 까맣게 모른 채 학교를 오고 갔다. 솔직히 말하면 누렁이와 마주친 적이 몇 번 있었다. 처음에는 어쩌다 길을 잘못 들어 우리 집 마당에 들어온 줄만 알았다. 당시 땅만 쳐다보며 걷는 사춘기 소녀의 눈에는 개는 보이지 않고 친구들이 신은 나이키 운동화만 보였다. 아마도 엄마 외에는 우리 식구 중 누구도 누렁이를 쓰다듬는 사람이 없었을 것이다. 그렇지 않고서야 누렁이가 그렇게 조용히 사라졌을 리가 없다.

우리 집은 집사가 둘이다. 죽을 때까지 고양이의 충실한 집사가 되고 싶은 나와 그런 나의 시중을 받는 거만한 고양이. 우리는 둘 다 "집사"라는 이름으로 불린다. 고양이 이름에 대해 설명할 때면 언제나 난감하다. 나는 고양이에게 '금순이'나 '춘자' 같은 토속적이고 정감 어린 이름을 지어 주고 싶었는데, 고양이 입양에 적극적이던 딸아이의 반대로 고양이는 금순이나 춘자가 되지 못했다. 처음에는 '집사'라는 이름이 내키지 않았지만 결과적으로는 그 이름이 좋아졌다. 마음에 드는 가장 큰 이유는 '집사'가 암컷인지 수컷인지 확실히 구분 짓지 않기 때문이다. 또 고양이와 같은 이름으로 불린다는 건 필연적으로 만나질 운명이라는 뜻 같아서 왠지 기분이 좋아진다.

집사는 한국 고양이와 아비시니안이라는 품종이 교배된 고양이로, 긴 팔과 다리, 우아한 목덜미 그리고 작은 두상을 가졌다. 외모에서 풍기는 분위기는 아비시니안의 특

징처럼 잘생기고 귀족적이다. 하지만 외모가 예쁘다고 해서 하는 짓도 그럴 거라 생각하면 오산이다. 하는 짓은 할 일 없이 동네를 배회하는 양아치와 비슷하다. 어슬렁어슬렁 집 안을 돌아다니면서 쓰레기통 뚜껑을 열고 냄새를 맡는다. 붙박이장에 숨겨 놓은 낚시 장난감을 꺼내서 입에 물고는 걷는 것도 뛰는 것도 아닌 애매한 속도로 다가온다. 고양이는 작고 귀여운 소리만 낸다고 생각했지만 그건 집사를 만나기 전에 했던 나만의 착각이었다. 집사는 고양이도 큰 소리를 낼 줄 아는 동물이라는 것을 증명이라도 하듯이 기차 화통을 삶아 먹은 듯한 소리로 "냥~! 냥~! 냥!" 하고 달려와서는 물고 있던 낚시 장난감을 내 눈앞에 뱉어 놓는다. 그러고는 '집사야 뭐하니' '꾸물대지 말고 빨리 놀아 줘야지' 하는 얼굴로 빤히 쳐다본다. 장난감이 눈에 보이면 시도 때도 없이 놀아 달라고 보채서 숨겨 놓았는데 숨긴 장소까지 알고 있었다니, 역시 무서운 놈이다.

　며칠 전 집사는 가지고 놀던 장난감에 달려 있던 실을 먹어 치웠다. 눈 깜작할 사이에 생긴 사고였다. 비닐 끈, 플라스틱 같은 먹을 수 없는 것들을 먹는 고양이 이식증은 꽤 심각한 문제다. 호들갑을 떨어도 전혀 이상하지 않을 상황임에도 동물병원에서조차 확실한 치료법이 없다. 배를 가르고 삼킨 이물질을 꺼내는 방법이 있긴 하지만 그건 최악의 경우에만 선택하는 방법이다. 이번에도 똥이나 구토를 기다려야 한다는 말만 듣고 왔다.

어제부터 집사의 똥을 기다리고 있다. 나는 똥을 기다리면서 '고양이가 이물질을 삼켰을 때', '고양이 이식증' 등을 끝없이 검색한다. 비슷한 사례를 검색해 얻어 낸 지식을 종합해서 내린 결론 역시 안타깝게도 기다림뿐이다. 실을 삼킨 순간 바로 병원에 데려갈 걸, 고양이의 가족으로서 나의 방심과 부주의함을 자책하고 있다. 하루에 두 번 CSI 요원이 되어 침착하게 화장실 모래를 헤집고 면밀하게 똥을 수색한다. 찾은 똥을 뭉개고 또 뭉갠다. 어제까지는 끈이라고 할 만한 것을 발견하지 못했다. 혹시 이건가? 하는 것을 발견했지만 확신은 없다. 오늘 아침에도 내 급한 볼일을 제쳐 두고 집사의 화장실부터 수색했다. 당분간은 고양이 똥에서 벗어날 수 없다. 집사의 똥을 기다리는 동안 나는 아마도 폭삭 늙을 것이다.

인생의 비참함에서 벗어나게 해 주는 두 가지는 음악과 고양이라고 슈바이처Albert Schweitzer 박사가 말했다는데, 음악에 대해서는 잘 모르고 고양이에 대해서는 확실히 알 것 같다. 나에게 있어서 고양이는 슬픔과 위로를 함께 주는 존재가 분명하다. 똥싸개 집사를 심하게 사랑한다. 나는 은근하게 사랑하는 법을 모른다. 받는 쪽에서 숨이 막힐 정도로 퍼붓고는 있는 대로 생색을 내는 편이다. 일단 마음을 주었다 하면 주책바가지가 된다. 대책 없이 사랑을 쏟아붓다가 내 쪽에서 먼저 정나미가 떨어져서 냉정하게 돌아선 적도 많다. 하지만 고양이에게만은 그럴 마음이 없다. 노벨문학상 수상자인 아나톨 프랑스Anatole France는 이런 말을 했다. "한 동물을 사랑하기 전까지는 우리 영혼의 일부는 잠든 채로 있는 것이다." 나는 그가 왜 노벨상 수상자가 됐는지 알 것 같다.

내가 고양이를 이 정도로 사랑하게 될 줄은 정말 몰랐다. (반려동물을 키우는 사람들이 입버릇처럼 하는 말이다.) 고양이랑 함께 산 지 3년이 됐지만 나는 여전히 고양이를 모른다. 한밤중에 깨어 왜 슬픈 목소리로 우는지, 조용히 살랑대는 꼬리가 무슨 말을 하고 싶은 건지, 매일 똑같은 사료를 먹는 일이 지겹지는 않은지, 어떤 종류의 모래에 똥을 누길 원하는지, 내가 마련해 준 예쁜 집보다 허름한 종이 상자에 집착하는 이유가 무언지, 어디를 만져 주면 좋은

지, 배가 고픈지, 잠이 오는지, 아픈지, 무엇보다 같이 사는 내가 마음에 드는지, 한순간도 놓치지 않으려 애쓴다. 내 사랑의 부족함과 어설픔을 자각하고 미안해하면서도 계속해서 함께 살고 싶다. 사료를 오독오독 씹고 있는 집사의 가늘고 긴 목덜미를 바라보면 왠지 측은하고 애달파 눈물이 차오르지만 이내 함께 살아서 행복하다는 생각에 빠진다. 나는 고양이가 부리는 마법에서 영원히 깨어나지 않을 것이다.

나는 싸움을 싫어하는 사람이다. 워낙 겁이 많기도 하고, 나로 인해 주변이 소란스러워지는 게 싫다. 그런 이유로 싸움의 기술을 연마하지 못했다. 선천적으로 억척스럽지 못하고 어쩌다가 악다구니를 쓰다가도 번뜩 이게 무슨 부끄러운 짓인가 하는 생각이 들어서 뱀처럼 보이지 않는 곳으로 스르륵 사라지고 싶다. 세상에 싸움을 좋아하는 사람이 어디 있냐고 반문하는 사람이 있다면 나는 분명히 말할 수 있다. 싸움에 최적화된 사람이 있다고. 싸움에서 한두 번 이겨 본 사람들은 승리에 도취되고 싸움 앞에서 용감해지며 자신도 모르는 사이 싸움의 기술을 늘려 간다고. 그리고 마침내 싸움이 좋아지는데 남에게는 차마 싸움을 좋아한다는 말을 못 하는 것뿐이라고. 그런 사람들을 자세히 보면 마치 만화 속에서 방금 튀어나온 사람처럼 두 눈 속에 불이 활활 타오르는 게 보인다. 언제까지나 피하고 싶은 사람들이다.

딸이 다섯 살 되었을 때였다. 고열과 구토가 심한 아이와 함께 뜬눈으로 밤을 새운 다음 날 아침이었다. 아이를 업고 병원으로 달려가야 하는 상황이었지만 회사로 향했다. 일단 출근을 했다가 사정을 얘기하고 조퇴를 하는 편이 좋겠다고 생각했다. 당시에 근무하던 회사는 그런 면에서 여유로운 분위기가 아니었다. 상황이 급박해 어쩔 수 없이 결근을 하면 윗사람에게도 동료에게도 대역 죄인이 되었다. 이삼일 전에 미리 말하지 않았다는 이유로 욕을 먹고 팀원들의 뒷말을 들어야 했다. "집안에 생기는 급한 일도 그렇고 아이가 아플 때도 이삼일 후에 아프게 될 거라는 예고를 해 주나요?"라는 말은 언제나 목구멍으로 삼켰다. 호주머니 속을 뒤집어 보이듯 집안 사정과 나의 처지에 관해 하나도 숨김없이 말했다면 이해받을 수 있었을까.

아이가 아플 때마다 "부장님, 드릴 말씀이 있습니다" 하고 말을 시작했고, 부장의 반응은 한결같았다. "김 팀장은 왜 그렇게 개인적으로 드릴 말씀이 많은 겁니까?" "무슨 말인지 듣고 싶지 않습니다" "나는 여기까지 그냥 온 줄 알아요?" "어째 프로 의식이 없어요? 나가보세요!" 부장이라는 직함을 달고 앉아 있는 나쁜 년의 싸대기를 날리고 한 바가지 욕을 퍼부은 다음 그년의 얼굴에 사표를 집어던지고 문짝이 부서져라 세게 닫아 버리는 상상을 하면서 벌게진 눈으로 자리에 돌아왔다. 팀원들의 차가운 시선이 뒤통수에 꽂혔다. 곧이어 누군가의 목소리가 들렸다. "세상에 애는 지 혼자 키우나?"

엄마들이 회사의 눈치를 보는 건 지금도 크게 다르지 않다고 들었지만 20년 전의 회사는 유독 일하는 엄마에게 불친절했다. 이상하게도 싸움을 좋아하고 상처를 주는 사람은 주로 여자 동료였다. 자연스럽게 세상에는 악한 사람만 있다고 생각하게 되었고, 그렇게 생각하게 된 이

후로 회사는 마음 편한 곳이 아니었다. 동료들끼리 서로를 딱하게 여길 만도 한데 실제로는 무서운 적이다. 유독 친해 보이는 동료들끼리 삼삼오오 몰려 내려가 빌딩과 빌딩 사이 골목에서 담배를 태우고 들어오는 걸 알았지만 그들과 친해지기 위해 담배를 배울 수는 없는 노릇 아닌가. 설사 담배로 인해 '친구'가 되더라도 각자 살아남기 위해 몸부림치다 보면 동료와 선후배 모두 결국 눈엣가시처럼 불편해지게 될 것이 뻔했다. 최대한 빨리 정신을 차리고 조직을 빠져나와야 한다는 것을 알았지만 실행에 옮기지 못했다. 먹고살 다른 방법이 떠오르지 않았다. 조직에 대한 불신과 밀려드는 회의감에 몸서리쳤고 사람들을 향해 조금씩 증오를 키워 갔다.

매달 빠짐없이 내야 할 각종 고지서를 보면서 가능한 모든 사람과 무난한 관계를 유지하기 위해 안간힘을 썼다. 나는 왜 치열하지 못할까. 옆에 있는 사람들이 왜 두려울까. 상처 주는 말에 대처하는 방법을 배울 수 있다면 열심히 배우고 싶었다. 매 순간 자책했고 아파했다. '돌이켜 보면 회한만 쌓였다'라고 말할 수밖에 없는 직장생활은 그 후로 20년간 계속되었다. 이쯤 되면 적응할 때도 됐지 하고 여유롭게 말하고 싶지만, 사표를 내던 마지막 순간까지 나는 조직 부적응자였다. '정말 다시는, 죽어도 안 해. 못해'라고 생각했다. 오래 다니던 회사를 왜 그만두냐는 사람들의 질문에 대답했다. "이제는 정말 더는 못하겠어요. 돈도 싫어요." 진심이었다.

일에만 매달려 살아온 세월이 길었다. 쓸모없이 흘러가는 시간을 줄이느라 안간힘을 썼다. 죽을 때까지 써먹을 일 없는 영어 공부는 잠을 줄여가면서까지 왜 그리 붙들고 살았는지, 매년 1월에는 지키지 못할 계획을 세우고 다이어리 쓰는 일은 왜 또 그리 열심히 했는지, 남의 나라 지폐에 새겨진 벤자민 프랭클린Benjamin Franklin을 따라 하지 못해 왜 그렇게 안달이었는지 알다가도 모를 일이다. 돌아보니 변화와 발전을 각오하지 않은 해가 없었다. 그렇게 해서 얻은 것은 나이 한 살과 자기 관리를 잘한다는 자아도취뿐이다. 이렇게 몇 년을 더 살다가는 먹고사는 일 외에 내가 진심으로 좋아할 수도 있는 다른 종류의 일이 있음을 영원히 모른 채 죽을 수도 있겠구나 싶었다. 때마침 몸이 살려 달라고 비명을 질렀고, 앞뒤를 따지지 않고 멈추기로 했다.

회사를 그만두고 긴 휴식 시간이 주어졌다. 달리는 데

만 익숙해져서 그런지, 아니면 한가로운 것, 빈둥거리는 것, 아무것도 하지 않는 것은 나쁜 것이라는 사고를 주입받고 자라서인지 한동안은 쉬기는커녕 불안에 시달렸다. 운동도 좋을 것이고 평소에 배우고 싶었던 것을 배워도 좋을 텐데 도무지 어디로도 발걸음이 가닿지 않았다. 해야 할 일이 오직 휴식뿐인데 정작 제대로 쉬지 못했다. 쉬는 것도 쉬지 않는 것도 아닌 어정쩡한 상태로 시간을 흘려보냈다. 사색에 젖어 보려는 마음에 매일 아침 집을 나섰지만, 며칠도 되지 않아 생각지도 않은 말이 튀어나온다. "사색도 하루 이틀이지 이것도 지겨워 못할 노릇이네." 남들은 노년을 준비하는데 이러고 있다가 나만 혼자 뒤처질지 모른다는 불안은 생각 외로 질겼다. 조금씩 줄어드는 통장 잔액도 20년 만에 갖는 나의 휴식을 방해했다. 노는 방법마저 잃어버려서 남는 시간을 어떻게 써야 할지 난감했다.

얼마나 어렵게 만든 기회인데 이렇게 무기력하게 시간을 보낼 수는 없다는 생각이 들었다. 우선 노는 즐거움을 찾아보자고 단단히 결심했다. 잘 노는 건 어떤 것일까. 일단 아무 생각도 하지 않아야 한다. 그러려면 오랫동안 나를 지배하던 야심으로부터 자유로워져야 한다. 도착해야 할 목적지도, 염려해야 할 미래도 없는, 오직 현재만 존재한다는 생각으로 하루하루를 살았다. 먹을 때도 뚱뚱해지든 말든, 웃을 때도 눈가의 주름이 지든 말든 걱정하지 않았다. 통장이 비어 가거나 말거나 남들이 일하거나 말거나 나는 한결같이 아무 생각을 하지 않았다. 내년 이맘때 같은 건 없다는 마음으로 살기 시작했다.

뭐든지 처음이 어렵지 일단 탄력이 생기면 쭉쭉 나가기 마련이다. 요즘은 침대에서 빈둥거리는 시간이 늘었다. 볕이 좋은 날에는 오전 내내 아무 일도 하지 않고 고양이와 함께 베란다에 앉아 있다. 오후에는 빨래를 한다. 빨랫감을 물에 불리고 박박 문지르고 비비고 삶고 헹구는 과정을 최대한 오래오래 즐긴다. 행주를 삶아 널어놓은 뒤 하얗게 말라 가는 모습을 하염없이 바라본다. 넉넉하게 쟁여 놓지 않으면 불안하던 일회용 행주는 이제 사지 않는다. '아주 천천히 살 거야. 모두가 출근하느라 정신이 없을 월요일 아침에 나는 손빨래를 할 거야. 이제 출근 같은 건 안 하거든.'

나의

부엌

만약 누군가 내게 지난 53년을 살아오면서 가장 많은 시간을 보낸 집 안 공간이 어디냐고 묻는다면 나는 서슴없이 "부엌"이라고 대답할 것이다. 자는 시간을 뺀 나머지 시간 중 가장 부지런하게 움직였던 공간은 부엌이었다. 부엌에서 보내는 시간이 많았던 만큼 부엌에 대한 소망도 자연스럽게 늘어났다. 내가 꿈꾸는 부엌에 관해 이야기하면, '그게 그렇게 어려운 일인가?' 의문을 갖는 사람도 더러 있겠지만, 지금까지도 이루지 못한 풍경이니 적어도 내게는 좀처럼 실현되기 어려운 풍경인 것은 분명하다.

내가 꿈꿔 온 부엌의 풍경은 이런 것이다. 햇살이 가득 들어오는 적당한 크기의 창문이 있다. 그 창문에는 아기자기한 자수가 놓인 아이보리색 린넨 가리개가 바람에 살랑거린다. 창문엔 작은 창턱이 있고 귀여운 화분들이 거기 앉아서 설거지하는 내 모습을 바라봐 주었으면 좋겠다. 밖에는 작은 정원이 있고, 부엌 창으로 보이는 풍경에는 벚나무 한 그루가 서 있다. 봄이 되면 눈이 부시게 흐드러진 벚꽃을 바라보며 남은 생 이렇게 살다가 벚꽃처럼 한순간에 져 버리는 것도 나쁜 일은 아니라고 생각하는 것이다.

하루 중 가장 많은 시간을 보내고 가장 정성을 쏟아 무엇인가를 만들어 먹는 공간에 이 정도의 그림을 그리는 것은 소박한 꿈이라고 생각했는데, 어느 날부터는 꿈이 한낱 꿈으로 끝날지도 모른다는 생각이 들어서 서글퍼졌다. 줄곧 아파트에서 생활했으니 꿈꾸는 부엌의 모습은 하나의 허상에 불과했다. 지금 내 주방에도 작은 창이 하나 있지만, 그 창으로는 '305동'이라고 써진 아파트의 옆구리가 보인다. 또 하필이면 주방이 북쪽을 정면으로 바라보고 있어서 오후만 되면 전등을 켜 짙게 깔리기 시작한 어둠을 몰아내야 한다.

오랜 시간 어두운 부엌에서 그늘진 시간을 보내면서, 햇살이 가득 들어오고 벚나무가 창밖으로 보이는 부엌에 대한 꿈을 서서히 접었다. 꿈을 접는 과정에서 나에게는 시간이 필요했다. 길고 긴 방황의 시간을 거쳐 어쨌거나 결국 나의 부엌으로 돌아왔다. 문득 궁금했다. 왜 나는 지금 서 있는 곳이 아닌 다른 부엌에서 인생의 의미를 찾으려 했을까. 햇살이 가득 들어오고 벚나무가 보이는 창이 있는 부엌이라면 내가 원하는 것을 찾을 수 있을 것으로 생각했다. 그런 부엌이 있는 집이라면 내게 감춰진 능력을 찾아내고 새로운 출발이 가능할 거라 믿었다. 그러나 방황을 끝내고 돌아온 나의 주방은 오랜만에 내게 평온을 선물해 줬다. 이곳이 다름 아닌 내 자리임을 확인하고 마음이 떠나 있었음에도 여전한 부엌의 모습을 보니 편안함이 느껴졌다.

오늘도 나는 어둡고 비좁은 나의 부엌에서 노트북을 펼쳤다가 접고 책을 펼쳤다가 접는다. 오래된 찻잔에 뜨거운 물을 붓고 티백의 차가 우려지길 기다리며 생각한다. 나의 몫으로 정해진 공간, 이곳이 바로 천국이구나.

조금 시들해진

취미들

1

지난 3년 동안 줄곧 손에 넣고 싶었던 카메라가 있다. 손에 넣고 싶다는 생각만 할 뿐이지 가격이 얼마인지, 돈을 어떻게 마련할지, 가장 싼 가격으로 살 수 있는 곳이 어디인지 알아보지 않았다. 심지어 실물을 본 적도 없다. 사고 싶은 열망에 비하면 터무니없는 게으름이다. 하지만 얼마 전까지도 그 카메라를 오매불망 원했던 것은 사실이다.

내가 사고 싶은 카메라는 라이카 Q. 지금 막 검색을 해 보니 800만 원 정도다.

사진 찍는 솜씨가 변변치 않다. 블로그에 올릴 사진이 필요할 때만 겨우 카메라의 셔터를 누르니 몇 년을 찍어도 실력은 그대로이다. 아무리 후하게 점수를 준다고 해도 내가 찍은 사진들은 내 눈에만 근사해 보이는 수준밖에는 안 된다. 나 같은 사람에게 비싼 카메라가 무슨 소용일까 생각하면서도 쉽게 포기하지 못한 이유는 아날로그 분위기를 풍기는 카메라의 외형과 라이카를 통과해 나온 사진의 색감 때문이다. 캐논과 소니의 사진들은 웬만한 전문가가 아니면 구분하기 힘들 정도로 결과물이 비슷해 보이지만 라이카는 확연히 다르다. 그런 특별함이 지금까지 나를 끌어당긴 것이다.

그렇다고 내가 비싼 카메라의 성능을 막무가내로 믿는 건 아니다. 평소에 눈 뜨고는 못 봐 줄 사진만 찍어 대다가 라이카 카메라를 사용하면 하루아침에 작품이 탄생할 거라고 믿는 사람도 있는 모양이지만, 나는 절대 그럴 일은 없다고 생각한다. 좋은 사진을 찍는 건 카메라가 아니라 결국 사람이기 때문이다. 같은 카메라를 가지고도 찍는 사람에 따라 전혀 다른 퀄리티의 사진이 나오는 걸 보면 알 수 있다. 그런 의미에서 내가 라이카를 갖는다고 해서 멋들어진 사진을 찍을 수 있다는 보장은 없다. 예전에는 일주일에 한 번쯤 라이카를 생각했다면 요즘은 한 달에 한 번쯤 라이카 생각을 한다. 라이카에 대한 관심이 많이 줄어든 것이 분명하다.

본격적으로 글을 쓰기 시작하면서부터 공들여 사진을 찍는 일이 조금은 번거로워졌다. 예전에 사용하던 카메라는 충전되지 않은 상태로 옷장 속 어딘가에 처박혀 있다. 지금은 휴대폰 카메라의 간편함에 만족하고 있고 불편함도 없다. 사진 찍는 일이 예전처럼 즐겁지 않으니 누구에게도 취미라고 말할 수 없게 되었다.

2

글도 쓸 만큼 썼고 책도 읽을 만큼 읽었다는 생각이 드는 날이 있다. 썩 어울리는 취미라고는 생각하지 않지만 그런 날에는 수를 놓았다. 제대로 배운 적은 없고 중학생 시절 가사 시간에 배운 기억을 더듬어 몇 가지 스티치를 수놓기 시작했다. 그러고 있으면, 친구들과 모여 앉아 수를 놓고는 삐뚤빼뚤 이상한 모양으로 완성된 것을 보며 서로 자신의 실력이 더 낫다고 티격태격 깔깔대던 추억이 떠올라 순식간에 마음이 따뜻해졌다.

아빠의 손재주를 물려받았는지 어려서부터 뭐든 만들어 놓으면 어디서 배웠냐고 묻는 사람이 꼭 있었다. 그때의 재주를 믿어 보기로 했다. 이왕 시작하는 거 본격적으로 해 볼 요량으로 다양한 색깔의 실을 샀다. 지금보다 더 나이가 들어 지금보다 더 하루가 길게 느껴지면 그 긴 하루를 무엇으로 채워 나갈지, 날씨가 안 좋은 날이나 기분이 안 좋은 날 스스로를 즐겁게 만들기 위해서 무엇을 해야 할지 줄곧 생각해 왔는데, 자수를 배워 두는 것도 나쁘지 않다는 생각이 들었다. 돋보기가 없을 때는 작은 바늘귀에 실 한 가닥을 넣을 때마다 다른 사람의 도움이 간절했는데 이젠 내 눈에 딱 맞는 돋보기가 있으니 우아한 시간을 보낼 준비가 완벽해졌다. 자수틀에 끼울 천만 찾으면 된다는 생각에 천천히 주변을 둘러보니 사방 천지가 자수를 놓을 곳이었다. 식탁보의 한 귀퉁이에는 분홍 장미를, 밥솥을 덮는 덮개에는 보라색 가지를, 테이블 매트의 모서리에는 근사한 찻잔을, 행주에는 당근 자수를 놓고 싶었다. 그림 대신 자수 액자도 근사할 것 같았다. 예쁜 자수 도안을 찾아서 모으고 또 모았고, 그렇게 모은 도안은 산더미처럼 쌓였다. 유튜브로 어려운 자수 기법을 배우면서, 어쩌면 자수야말로 나의 숨겨진 재능인지도 모른다는 생각을 했다.

자수에 점점 빠져들었다. 눈과 손을 동시에 놀리느라 정신이 빠져서 끼니를 챙겨 먹는 것도 잊었고, 한번 시작하면 어둠이 찾아오는지도 모르고 바느질을 했다. 완성된 자수가 보고 싶어서 조금만 더 조금만 더 하면서 버텼다. 긴 시간 웅크린 자세로 있다 보니 등과 어깨에는 통증이 생겼다. 그러다가 문득 이게 아닌데 싶었다. 여유로운 시간을 즐기고 싶다는 마음은 어디론가 사라졌고 성과에 대한 기대치 때문에 어느새 수놓기는 완수해야 할 미션이 되어 있었다. 또 별것 아닌 일에 목숨 걸고 달려든 것이다. 나에게 거는 기대치 관리에 또다시 실패한 것. 내 것이지만 내 마음대로 할 수 없는 이 마음을 정말 어쩌면 좋을까.

자수 용품을 꺼내 바느질을 시작하면 저 사람이 무슨 일을 벌이려고 저러는가 싶은지 먼발치에서 호기심이 가득한 눈으로 지켜보던 고양이가 며칠 전 드디어 행동을 개시했다. 색실을 다 뜯어 먹으려는지 입질이 대단하다. 수놓기에 대한 열의는 자의 반 타의 반 그렇게 식었다. 자수를 취미로 삼는 건 이래저래 어렵게 됐다. 그저 나만의 행복 기준에 '수놓기'가 있는 것으로 만족하기로 했다. 삶이 힘들어지면 이겨 낼 수 있는 하나의 방편으로 남겨 두는 것도 좋을 것이다.

정 원 을

탐 하 다

1

한낮의 햇살이 뜨거워도 가을은 가을이다. 봄과 여름 내
내 살아 있던 식물들이 죽으면서 토분들이 하나둘 비워지
고 있다. 그동안에도 이런저런 이유로 틈틈이 화분이 비
기는 했다. 식물 자체의 문제라기보다는 식물을 키워 내
는 솜씨가 영 신통치 못한 탓이 컸다. 돌보는 이의 모자란
솜씨와 노력에도 꿋꿋이 버티고 버텨 꽃과 새싹을 보여

주는 것들도 있다. 사랑초나 올리브 나무처럼 물만 주면 크게 신경을 쓰지 않아도 알아서 크는 것들 말이다.

　베란다에 화분을 두고 뭔가를 키우기 시작한 건 허한 마음을 달래기 위해서였다. 평생 다니던 직장을 그만두어 시간이 많아졌으니 식물이 크는 과정을 여유롭게 바라볼 수도 있겠다는 생각이 있었다. 어디선가 주워들은 풍월과 궁금증이 생길 때마다 인터넷 검색을 통해 얻은 얕은 지식으로 기분 내키는 대로 화초를 심거나 사들였다. 사고 싶은 화초들이 많았지만, 고양이에게 해롭지 않은 것만을 골라서 심어야 했기 때문에 선택의 폭이 넓지 않았다. 유명 블로그에 오른 사진처럼 잘 가꿔진 베란다 정원과는 거리가 멀다.

　고무나무, 알로카시아, 라벤더, 레몬그라스, 보스턴 고사리 같은 여러 식물이 우리 집 베란다를 거쳐 갔다. 작은 베란다에 그럭저럭 적응한 듯 가까스로 살아 주는 식물이 있는가 하면, 꽃이 피기도 전에 시들시들하다가 죽거나 꽃을 피울 듯 말 듯 애를 태운 것도 있고, 여름 한철 잘 피는가 싶다가 유례없이 길었던 장마 때문인지 까닭 모를 병에 걸려 끝내 가 버린 화초도 있다. 이런 식이다 보니 끝까지 남아 있는 화분은 늘 한두 개 정도였고, 나는 또 빈

화분이 안타까워 부지런히 작은 식물들을 사다 날랐다. 좌충우돌 3년을 넘기며 뭔가를 키워 보니 식물의 특성에 대해 조금 알 것도 같다. 그 여린 것들이 내게 하는 말들이 희미하게 들린다고나 할까. 어디까지나 내가 키워 본 식물에 한해서다. 고작 3년 만에 식물을 다 안다고 나서는 것은 오히려 식물에 대해 아무것도 모르는 거나 마찬가지라는 걸 이제는 안다.

베란다에 다양한 식물을 들이느라 한참 열을 올릴 때는 작고 푸른 싹이 올라오는 장면만 봐도 감격했었다. 어쩌면 그렇게 오종종하게 예쁜지, 연두색은 또 왜 그렇게 싱그러운지. 우리 집 베란다는 남동 방향이라 오후에 빛이 들지 않는다. 화초들은 해의 방향을 귀신같이 알고 늦은 오후가 되면 해가 남아 있는 방향으로 하나같이 고개를 길게 뺀다. 열악한 환경을 딛고 어떻게든 살아보려는 모습을 보면 절로 고개를 숙이게 된다. 꽃이 핀다고 모두 열매를 맺는 건 아니라는 사실도 식물을 통해 깨달았다. 그건 어떤 겸허함과 엄숙함으로 다가왔다. 작은 것들에게 이처럼 놀라운 진리를 배우다니. 세상에 나갔다가 온갖 상처를 껴안고 들어앉았지만, 식물을 바라보는 순간만큼은 위로를 받았으니 그동안 내게 왔다가 간 작고 여린 것들에게 감사하는 마음이 생기는 것은 당연한 이치다.

2

베란다에 앉아 방금 부어 준 물을 빨아들이는 흙과 식물을 물끄러미 바라볼 때면 한 여자를 떠올린다. '단어 벌레'님이다.

식물처럼 순한 마음으로 정원을 가꾸고 글을 쓰는 '단어 벌레님'을 알게 된 건 우연히 보게 된 블로그 속 사진 한 장 때문이었다. 사진을 처음 봤을 때는 외국에 사는 사람인가? 생각했다. 웅장함과 아기자기함이 공존하는 정원과 그 풍경에 곡 맞는 서정적인 글에 한순간 빠져 버렸다. 삶의 아름다운 순간을 포착해 그것을 문장으로 만드는 일이 작가의 사명이라면, 그녀는 완벽에 가까운 작가로 보였다. 글과 사진의 조화도 완벽했지만, 무엇보다 인상적이었던 것은 그 속에 담긴 평화로운 분위기였다. 일찌감치 깨달은 바가 있거나 도를 닦은 사람이 아닌 다음에야 사는 내내 평온하고 행복하기는 어려울 텐데, 웬만한 바람에는 흔들리지 않는 나무처럼 단단해 보이는 사람이었다. 시시각각 일희일비하느라 정신이 없는 나로서는 신기하기만 했다. 다른 사람의 삶과 내 삶을 단편적으로 비교하고 상대적으로 열악한 나의 현실을 깨닫고는 쉽게 침울해지는 못난 성격 때문에 그 작가가 이처럼 부러운 것일까.

그녀는 아름다운 정원을 소유하고 있다. 사진으로 본 것이지만 정원에는 생소한 이름의 식물과 생전 처음 보는 꽃, 오랜 세월 자랐을 커다란 나무가 있다. 내 눈으로 직접 보지 못하고 상상만 해서인지 그곳에는 무언가 엄청나고 진귀한 것들이 숨어 있을 것 같다.

그녀가 찍은 사진 속에 자주 등장하는 건 정원에 있는 꽃과 나무, 직접 기른 채소로 만든 요리와 정원에서 난 열매로 정성을 들여 만든 저장식품들, 오랜 시간 주인의 손길을 받아 길들여진 반들반들한 살림 도구들, 그리고 그녀가 읽는 책들이다. 나는 그 사진들 속에서 일상의 모든 순간에 흐르는 윤기를 느끼고는 어쩔 줄 모르는 마음이 되었다. 그녀가 보여 주는 모든 것이 내 마음을 빼앗기 충분했지만, 결정적인 건 냄새였다. 나는 그녀의 삶에서 오랜 세월 큰 사건 사고 없이 살아온 안정의 냄새를 맡았다. 그저 그런 보통의 날들이 차곡차곡 쌓인 곳에서만 날 수 있는 평온을 상징하는 냄새. 이건 사는 동안 하루도 편할 날이 없었던 고단한 인생을 산 사람만이 맡을 수 있는 냄새다. 매일 비슷한 시간에 식구들이 모여 저녁 식사를 하는 삶, 한 달에 한 번은 빠짐없이 남편의 월급이 통장에 꽂히고 그 돈으로 작게나마 계획이라는 것을 세우는 삶, 감당할 수 없이 불행한 일이 생기더라도 그 짐을 나눠 줄 사람이 옆에 있을 거라는 믿음과 부부 중 한 사람이 갑자기 떨어진 아이의 성적을 걱정할 때 그럴 수도 있는 거라며 허허 웃어 주는 사람이 있는 삶, 공과금을 자동이체하는 통장에 항상 비슷한 잔액이 남아 있는 삶. 누군가에게는 그토록 평범한 하루하루가 나에게는 왜 그리도 어려웠는지. 이 부러움을 그녀가 알게 된다면 겉으로 보이는 모습일 뿐이라며 쓴웃음을 지을 수도 있다는 것을 안다. 인간의 삶이란 보이는 게 전부가 아니라는 것 정도는 나도 알고 있으니까. 하지만 그렇다고 해서 그 냄새가 사라지는 것은 아니다.

그녀의 삶은 동화 작가 타샤 튜더Tasha Tudor를 떠올리게 한다. 죽기 전에 한번은 완벽하게 정직한 삶을 살아보고 싶다는 생각에 시골에 작은 집을 짓고 마당에서 호미를 들었던 소설가 박완서 생각도 나지만, 촌부의 모습 같던 박완서 작가와는 달리 그녀는 어딘가 모르게 세련미가 넘친다. 겉모습은 조금 달라도 그녀가 쓴 글은 박완서 작가의 글만큼이나 좋다. '단어 벌레'라는 닉네임에 걸맞게 수많은 책을 갉아 먹고 충분히 숙성시켜 토해 낸 글은 아름답고 서정적이다. 나는 그녀를 아는 사람을 만나면 꼭 묻게 된다. "그분 글 정말 좋지요?"

뜬금없는 고백이지만 나는 매일 단어 벌레 님을 훔쳐본다. 그녀가 나에게 얼마나 많은 것을 상상하게 했는지, 얼마나 지독하게 나를 유혹했는지 당사자가 알면 아마 깜짝 놀랄 것이다. 블루베리와 방울토마토가 익어 가는 마당을 서성이다가 쓰고 싶은 글이 떠오를 때마다 글을 쓰는 삶이라니, 얼마나 근사한가. 그녀처럼 쓰고 싶었고 그녀처럼 살기를 원했다. 하지만 그녀처럼 쓰기는 보란 듯 실패했고 그녀처럼 살기는 애당초 불가능한 일이었다. 그녀처럼 쓰는 작가는 오직 단어 벌레 한 명뿐이라는 사실을 깨닫고는 그녀의 유일함이 부러웠으면서도 한편으론 나와 다르다는 사실에 안도했다.

언제나 여러 작가의 작업 스타일에 대해 궁금증을 갖고 염탐한다. 어떤 점이 비슷하고 어떤 점이 다른지 알아내려 안간힘을 쓴다. 글을 잘 쓸 수만 있다면 뭐든지 배우고 싶어서다. 가장 궁금한 사람은 단연코 단어 벌레 님이다. 정원과 주방에서는 주로 무슨 생각을 하는지, 몇 시에 집안일을 마치는지, 하루 중 언제 글을 쓰기 좋은지, 언제부터 식물을 잘 키우게 됐는지, 마당에서 키운 블루베리는 정말 단맛이 나는지, 집안일 사이사이에 글쓰기에 대한 조바심을 내는지, 하루에 열두 번씩 살림을 때려치우고 싶은지, 쓸데없는 소일거리에 몇 시간을 허비하는지를 묻고 싶다. 지금으로서는 가장 사랑하는 것을 쓰거나 가장 잘 아는 것을 쓰고 있을 거라 짐작할 뿐이다

나는 글 쓰는 여자들의 삶이 늘 궁금하다. 뭐든지 확인하고 싶어 애가 탄다. 그런 질문을 하는 사람이 나에게도 있다면 신이 나서 대답하겠지만 아직 그런 걸 물어오는 사람은 없다. 언젠가는 글 쓰는 여자들에 관한 이야기를 책으로 쓸 생각이다. 그런 종류의 책이 세상에 나온다면 어떨까? 사람들의 관심을 받지 못할까? 적어도 글쓰기를 좋아하는 여자들에게는 관심을 받지 않을까? 그다지 유명한 작가가 아닌, 그저 글을 쓰는 여자들의 이야기를 왜 책으로까지 내려고 하는지 이해할 수 없다고, 남들은 궁금해하지도 않을 거라고 남편이 말했지만, 자신의 이야기를 쓰고 있는 여자들이 나는 더없이 귀하고 사랑스럽다.

내가 언젠가 쓰게 될 그 책은 내가 나에게 보내는 응원이 될 것이다.

걷 는

　　　　　사 람

삼시 세끼 밥을 먹고 때가 되면 잠을 자는 등의 기본적 욕
구와 경제적인 활동 외에도 매일 아침 이불을 박차고 나
가게 만드는 삶의 동력이 있다. 혹자는 그것을 '절대 행복
론'이라고 하는데, 쉽게 말해 '좋아하고 꼭 하고 싶은 일이
있는가?' 하는 것이다. 좀 시시하지만, 나에게는 걷기가
그런 일이다. 걷기를 통해 행복해지고 강해졌다고 해도
과언이 아니다. 나이가 들어감에 따라 이런 삶의 동력을

하나쯤은 늘려 가는 게 좋다는 생각이다. 취미 활동을 한다고 하면 먹고살 만한가 보네, 참 팔자 좋네 하고 말하는 사람도 있겠지만.

삶의 동력 하나 늘리는 데 반드시 큰돈이 필요한 것은 아니다. 내가 좋아하는 것을 할 수 있을 정도면 된다. 예를 들어 삼겹살을 좋아하는 사람은 가끔 삼겹살을 사 먹을 수 있을 정도, 여행을 좋아하는 사람이라면 일 년에 한 번 정도 가고 싶은 곳에 갈 수 있을 정도. 찾아보면 돈이 들지 않는 일도 많다. 걷기를 예로 들면, 돈을 쓰는 건 운동화를 살 때뿐이다.

내 가슴에는 커다란 구멍이 하나 뚫려 있었다. 그 구멍으로 아침, 저녁 서늘한 바람이 들어왔다 나가곤 했다. 그 시린 바람이 들어오는 걸 막아 보려 안간힘을 썼다. 무엇을 해야 바람을 막을 수 있을지 몰라서 급한 대로 아무거나 막 했다. 단 음식을 찾아 먹기도 하고 이곳저곳을 드라이브하기도 했다. 화를 내보기도 하고 울어 보기도 했다. 그 어떤 것도 가슴으로 들어오는 바람을 막아 주지 못했는데, 걷기가 그나마 괜찮았다. 만 보를 걷고 난 뒤 기진맥진한 상태로 집에 들어와 샤워로 마무리를 하고 나면 몸과 마음이 깨끗하게 청소된 기분이 들었다.

걷기를 취미로 삼고 나는 어설픈 철학자가 된 듯하다. 어디에 도달하겠다는 목적 없이 오로지 걷는 행위에 집중한다. 처음에는 오천 보에서 시작했다가 점점 걷는 시간을 늘렸고, 그럴 때마다 새로운 기쁨이 찾아왔다. 20년 동안 운전으로 출퇴근을 하며 놓친 풍경들을 매일 걷기를 통해 보상받았다. 아무도 없는 새벽 시간, 동네 천변을 걸으며 떠오른 숱한 생각과 감정들이 지금 글쓰기의 재료가 되었다.

그런데 걷기의 여정이 그리 순탄하지는 않았다. 천변을 걷는 사이 발에 이상이 생긴 것이다. 어느 밤 극심한 발바닥 통증으로 잠에서 깼다. 얼음주머니로 찜질을 해도 불에 덴 것 같은 쓰라림은 사라지지 않았다. 급기야 일어서지 못했고 엎드려 기는 생활이 시작됐다. 기어서 화장실을 들락거리는 건 어쩔 수 없더라도 극심한 통증이나 없어졌으면 싶었다. 여러 가지 검사를 통해 요족(발바닥의 안쪽에 있는 아치가 정상 범위보다 높이 올라간 상태)이 심하다는 것을 알게 됐다. 요족인 사람들은 보통 사람들보다 걸을 때 지면의 충격을 많이 받는다. 그런 줄도 모르고 매일 걸었으니 종자골에 염증이 생긴 것이었다. "괜찮았던 발이 갑자기 왜 이래요?"라는 질문에 "일종의 노화죠"라는 의

사 선생님의 답이 돌아왔다. 시간이 흐르면 누구나 나이를 먹고 몸의 노화가 찾아온다는 것을 알지만 어쩐지 억울했다. 발마저 늙고 있다니.

의료보험 적용이 안 된다는 고가의 체외충격파 치료를 3개월가량 받았고, 예전 같은 상태는 아니지만 다시 걷게 됐다. 네발로 기다가 직립 보행을 하니 만감이 교차했다. 땅바닥으로 곤두박질쳤던 삶의 질이 걷기 시작하면서 단번에 올라갔다. 요즘은 요족이 심한 사람을 위해 만들어졌다는 깔창을 종류대로 사 놓고 걷기 실험을 한다. '발이 편한 운동화'라는 설명만 붙어 있으면 속아도 좋다는 심정으로 결제 버튼을 누르게 된다. 그런 걸 보면 내가 지난번에 된통 당했었구나 싶다. 통증에서 완벽하게 벗어나지는 못했지만 걷기의 즐거움을 포기할 수 없다.

걷기는 이제 단순한 운동이나 휴식의 차원을 넘어 재활 운동이 되었다. 나는 오늘도 단순한 보행을 한다. 근육의 미세한 움직임, 삐걱거리는 관절을 느끼며 예전보다 더 천천히 걷는다. 내가 사는 동네를 구석구석 관찰하고 작고 귀여운 가게들을 스쳐 지나간다. 이제는 불편하게 걷는 일도 익숙해졌다. 내가 다른 무엇도 아닌 걷기의 즐거움을 아는 사람이라서 참 좋다.

책 과

찻 잔

결혼 후 지금까지 총 열다섯 번의 이사를 했다. 25년의 결혼 생활이었으니 대략 1년 6개월에 한 번꼴로 이사를 한 셈이다.

결혼과 동시에 크게 사고를 치고 도망을 간 남편 때문에 신혼 때 마련한 내 집에서 하루아침에 쫓겨났다. 그렇게 난데없이 시작한 서러운 월세살이를 거치고 거쳐 지금의 작은 집으로 정착한 뿌듯함은 게으른 나를 부지런하게 이끌고 심지어 살림을 좋아하고 즐기는 사람으로 만들었다. 가구 하나 들이는 것, 냄비 하나 사는 것이 모두 '내 집'을 꾸미고 가꾸는 것이 되어 더욱 알뜰살뜰 살게 되고 거실이든 주방이든 욕실이든 예쁘게 꾸미고 싶은 마음이 절로 일었다.

열다섯 번의 이사를 하는 동안 포장 이사를 한 적이 없다. 비용 때문이기도 했지만, 사실 포장 이사를 할 만한 살림이 아니었다. 한 번은 딸아이를 업은 채로 가방 하나 달랑 들고 말로만 듣던 야반도주를 했으니 결혼할 때 장만했던 살림살이들은 집에 버리고 나온 것이고, 아이와 둘이 어렵게 사는 형편에서는 다른 사람의 손을 빌려 이사를 해야 할 만큼 많은 물건을 사들이지 못했다. 수시로 이사를 해야 하는 형편이어서 물건에 대한 애착을 내려놓아야 했다. 이사하기에 편한 물건인지 아닌지에 따라 구입이 결정됐고, 집착하던 물건마저도 어지간하면 버려야 하는 일이 생기다 보니 소유에는 어느 정도 초연해졌다. 소유의 기준 또한 남들과는 조금 달랐다. 한 가지 물건이 적어도 세 가지 용도로 쓰이는 것들을 찾게 됐다. 밥상이었다가 앉은뱅이책상도 되고 급할 때는 물건을 올려놓는 선반도 되는 것. 어쩔 수 없이 아름다움이랄까 품격이랄까 우아함이랄까 예전에 집착하던 그런 것들에게서 점점 멀어지는 삶이었다.

그런 고생도 어느 정도 끝났으니 앞으로 내 인생에서 자의로 하는 이사는 없겠지만, 한 치 앞을 모르는 것이 사람의 일이니 단정할 수 없다. 아무튼 또다시 이사를 하게 된다면, 그때는 아마 포장 이사를 해야 할지도 모르겠다. 젊은 시절 고생했던 기억과 경험으로 대충이나마 미니멀 라이프를 실천하고 있어서 생활에 필요한 최소한의 물건 외에는 사들이지 않는데, 책과 찻잔만은 예외가 돼 버렸다. 요즘은 사람들이 책과 찻잔이 왜 이렇게 많냐고 입을 모은다. 아마 내 이삿짐은 책과 찻잔이 전부라고 해도 과언이 아닐 것이다. 찻잔은 영혼을 데워 줄 차를 담는 도구이며 책은 마음의 양식이라 했으니 결국 나는 무엇인가를 마시고 읽는 것으로 자신에 대한 사랑을 표현하는 사람인지도 모르겠다.

커피 한 잔을 마시더라도 날씨에 따라 기분에 따라 찻잔을 선택할 수 있는 다양함이 좋다. 어떤 날은 꽃무늬 잔이 어울릴 것 같고 어떤 계절에는 투박한 질그릇 잔이 어울릴 것 같다는 생각에 작은 그릇장 앞을 서성이는 순간을 사랑한다. 이 변덕스러움을 남편은 이해하지 못한다.

어떤 잔에 마시든 차 맛은 변하지 않는다고 생각하는 사람이니 당연한 일일 것이다. 재밌는 것은 나의 책 읽는 습관도 이와 비슷하다는 것이다. 책을 고를 때도 찻잔을 고를 때와 마찬가지로 책장 앞을 서성인다. 이 책을 꺼내 뒤적거리다 다시 저 책을 꺼내 뒤적인다. 자기 전에 엎드려 읽는 책, 소파에서 읽는 책, 화장실에서 읽는 책…, 책 앞에서도 변덕쟁이가 된다.

빡빡하게 사느라 마음대로 할 수 있는 것이 하나도 없었던 지난날의 보상일까. 그까짓 오래된 찻잔이 다 무슨 소용이냐는 핀잔을 듣더라도, 그까짓 책이 밥 먹여 주냐는 말을 듣더라도 책과 찻잔만큼은 내 마음대로 소유하며 살고 싶다. 이 정도는 뭐 괜찮지 않을까.

차의 시간에

머무르다

1

예쁜 것을 좋아하다 보니 마음에 드는 찻잔을 하나씩 사고, 그러다가 자연스럽게 차를 마시게 되었다. 하루에도 여러 번 차를 마시지만, 고백하건대 나는 차의 맛과 향을 제대로 알지 못한다. 친하게 지내는 이 중에 차에 대해 잘 아는 사람이 두 명이나 있어서 주로 그들에게 새로운 차에 관한 정보를 얻거나 그들이 맛있는 차를 우려 주면 '아,

이게 맛있는 차구나' 하고 생각할 뿐이다. 클래식 음악이 귀에 들어오려면 평소에 자주 들어야 하듯이 차의 맛과 향도 제대로 알려면 차와 친해지는 시간이 필요하다고 여겨 시간이 날 때마다 차를 우렸다. 그렇게 조금씩 차의 세계에 발을 들이니, 차의 세계는 무궁무진했다. 도서관 서가에 꽂힌 책을 바라보면 읽어도 읽어도 다 못 읽고 죽겠구나 하고 아쉬운 마음이 드는 것처럼 차 역시도 다 마셔보고 죽지 못할 만큼 종류가 다양했다.

가만 보니 차는 크게 두 가지로 나뉘고 있었다. 하나는 발효한 차(홍차), 다른 하나는 덖거나 찐 차. 한국과 중국에서는 주로 덖은 차를, 일본에서는 찐 차를 선호한다고 한다. 중국은 이름난 명차가 많은 만큼 귀한 차도 많고 그렇지 않은 차도 많아 보인다. 한번은 내가 본격적으로 차를 마시기 시작한 것을 알고 있던 지인이 중국 여행을 다녀와서 보이차를 한 봉지 선물로 주었다. 관광지에서 만난 장사꾼이 입에 침이 마르도록 칭찬을 해서 선뜻 지갑을 열었다고 했다. 거기까지 가서 내 생각이 났다는 말에 감사하게 받았다. '오~ 이게 다이어트에 그렇게 좋다는 그 보이차구나.' 봉지를 열어 향을 맡으니 평소에 내가 좋아하는 향은 아니었지만 정성을 다해 차를 우렸다. 향과 맛은 다를 거라는 기대를 하며 한 모금을 마셨는데 좋은 차라고 입에 침이 마르도록 칭찬을 하기엔 조금 이상했다. '차를 우리는 방법이 잘못되었나?' 아무리 차 맛을 모르는 사람이라도 느낄 수 있는, 분명히 변질된 맛이었다. 딱 한 번 마시고 내 입맛에 맞지 않는다고 버리기엔 아쉬워서 한 번을 더 우려 보았고, 두 번째는 더 이상한 맛이 났다. 아무래도 중국 쪽에서 보관이 잘못된 것 같았다. 선물해 준 사람에게는 미안하지만 그대로 싸서 버렸다. 사람들은 보이차가 좋다는데 내 입엔 맞지 않았고, 오래 묵을수록 좋은 차라는데 오래된 차에서 나는 향이 오히려 차와 멀어지게 만들었다.

차 맛을 제대로 알지 못하니 솔직히 어떤 것이 좋은 차인지 판별하기는 어렵다. 프랑스에서 왔다는 홍차, 영국에서 왔다는 홍차, 인도와 호주, 그리고 중국 차까지 마셔봤지만 이 차가 내 입에 딱 맞네 하는 차를 만나지 못했다.

얼마 전 정기 검진을 하기 위해 병원에 갔다가 정수기와 커피가 놓여 있는 곳에서 현미 녹차를 발견했다. 지난 3년 동안 외국에서 들여온 차를 마시느라 현미 녹차의 존재를 까맣게 잊고 있었다. 종이컵에 뜨거운 물을 붓고 녹차가 우려지기를 기다리는데 구수한 현미의 향이 후각을 간지러웠다. 그날 나는 차 한 잔을 아주 달게 마셨다. 오랜만에 입에 맞는 차를 발견한 기분이었다. '녹차가 이렇게 맛있는 차였나?' 그날 이후 내게 현미 녹차의 존재감이 달라졌다. 내 입은 한국 토종이고 지극히 평범하다는 사실을 여러 종류의 차를 마셔 보고 깨달았다. 가난한 노후에 입이 특별하고 비싼 것만을 찾으면 얼마나 난감하겠는가. 나는 나의 막입이 마음에 든다. 오랫동안 차를 마셔 온 사람들이 들으면 당신이 얼마나 차를 마셔 봤다고 그런 말을 하느냐 하겠지만, 나는 단순히 나의 기호를 말하는 것뿐이다.

서울에 볼일이 있어 나가려면 도봉산역에서 환승을 한다. 날씨가 좋은 날엔 역사로 들어가는 길에서 산에서 딴 고사리나 더덕, 약쑥 같은 걸 좌판에 늘어놓고 파는 할머니들을 만난다. 볼 때마다 뭐라도 하나 사 드리고 싶어 내놓은 물건을 눈여겨보는 편인데 그날따라 말린 우엉이 보였다. 자나 깨나 당뇨를 걱정하며 살기에 당뇨에 좋다는 우엉이 눈에 들어온 것이다. 한 봉지를 사서는 한나절 동안 가방에 넣고 다니다가 집에 도착해서도 다른 일을 하다가 우엉의 존재를 까맣게 잊었다. 다음 날 가방을 비우다가 우엉이 담긴 비닐봉지를 발견하고는 별다른 기대 없이 보리차 끓이듯 한 주전자를 끓였다. 옥수수차 같은 단맛이나 보리차처럼 깊은 구수함을 바라지 않았다. 흙냄새나 안 나면 좋겠다는 생각과 당뇨 걱정이나 조금 덜어 주었으면 하고 바랐을 뿐이다.

나는 그날 뜨거운 우엉차를 한 컵 마시고는 알아 버렸다. 무슨 차를 가장 좋아하냐는 사람들의 질문에 "저는 우엉차를 가장 좋아합니다"라고 대답할 거라는 사실을.

2

아침에 눈을 뜨면 찻물부터 끓이는 습관이 생겼다. 차가 우려지는 동안은 주로 나를 들여다보고 내 마음에도 뜸을 들인다. 순리로 가는 길을 여는 시간이다. 차를 마시면서는 평상심에 대해 생각한다. 쓸데없는 욕망에 들뜨는 나를 알아채는 시간이다. 삶의 무게가 무겁다고 느껴지는 이유도 찾는다. 나의 경우는 이리저리 얽히고설킨 인연이 내 삶을 무겁게 만든다. 차를 마시며 욕심과 허영, 마음에 쌓인 울분을 없앤다. 그렇게 아침을 차 한 잔으로 시작하면 하루가 그럭저럭 살 만하다.

오후에도 차를 마신다. 기분 좋은 날 오후에 마시는 차도 좋지만, 유독 바람 부는 들판에 맨발로 서 있는 것같이 시리고 흔들리는 날에 마시는 차는 더욱 좋다. 정체를 알 수 없는 감정에 휘둘릴 때나 내가 누구인지 모를 때, 글 쓰는 일에 확신이 없을 때, 내 마음을 몰라주는 사람 때문에 서러울 때, 억울하고 분통이 터질 때, 실타래처럼 꼬인 일을 풀기 직전에 나는 다시 찻물을 끓인다. 마실 차를 선택하고 좋아하는 찻잔을 꺼내고 가만히 멈추어 차를 우리고 차향을 맡고 천천히 차를 마시는 일에 집중하면, 나를 둘러싼 안개가 걷히면서 흐릿했던 내 존재가 분명해진다. 나를 절망에 빠뜨렸던 사람을 슬그머니 용서하게 되고 초라하게 늙어 가고 있는 나를 사랑하게 된다. 슬퍼지고 우울해질 때 차를 마시면 그 슬픔과 우울에서 조금씩 벗어난다.

잠시도 가만히 있지 못하는 부산한 삶에서 그나마 멈추는 시간을 갖게 하는 건 오로지 차를 마실 때뿐이다. 찻잔이 비어도 곧바로 찻물을 채우지 않는다. 그때야말로 가만히 있을 수 있는 유일한 시간이기 때문이다. 조금 더 일찍 차를 만났더라면 잠시도 멈춘 시간이 없었던 삶에 큰 위로가 되었을 텐데, 그게 조금 아쉽다.

언제부턴가 차를 마시면 뭐라도 쓰게 된다. 노트북 옆에 차가 없다면 글이 써질 리가 없다. 책 옆에도 언제나 찻잔이 놓여 있다. 차를 마시지 않고 책을 읽으면 어쩐지 읽는 재미가 반감되는 기분이다. 차는 나를 은근하게 떠민다. 책 속으로 나를 이끌고 글 속으로 걸어 들어가게 해 준다. 그렇게 차는 나를 우아하게 바꾼다. 내 몸과 마음을 단정하게 정돈해 주고 쪼그라든 나를 바르게 펴 준다. 차를 많이 마시는 사람들이 좋아하는 사람에게 차를 선물하는 이유는 자신이 알고 있는 것 중에서 가장 좋은 것이라고 여기기 때문일지 모른다. 힘겨운 세상을 사느라 거칠어진 자신을 부드럽게 만드는 데 차만큼 좋은 것은 없으니까. 차를 마시는 사람이 늘어나면 거친 세상도 부드러워질까. 기분 좋은 상상이다.

필통이 하는

말

뻥을 뜯겼다. 10살 때였다. "뻥"이라는 말 자체가 없던 시절이었으니 당시에는 나쁜 사람에게 돈을 뺏긴 거라고 말했을 것이다. 정말 눈 깜짝할 사이에 일어난 일이었다. 큰도로와 인접한 골목길이었고, 게다가 사업을 하는 동안족히 다섯 번 정도 부도가 났던 아빠의 회사에서 불과 20m도 떨어지지 않은 곳이었는데 어른에게 돈 5천 원을 빼앗겼다. 1980년도의 5천 원의 가치를 검색해 봤다. 버스

비가 100원이고 소줏값이 200원, 자장면이 500원, 서울의 아파트 한 채가 1천 2백만 원이었다. 지금으로서는 상상할 수 없는 물가다. 그러니까 10살짜리 딸에게 쥐여 준 5천 원은 엄청나게 큰돈이었다. 아빠가 그렇게 돈이 많은 사람이었나? 고개를 갸우뚱하게 만드는 장면이다. (지금도 아파트가 1천 2백만 원이면 오늘 당장 두 채는 살 수 있을 텐데 하는 생각을 해 본다.)

다시 뺑을 뜯긴 상황으로 돌아가보면, 몇 달 전 새 학기를 맞이해 이미 필통을 산 상태였다. 그런 상황에서 필통을 또 사 달라고 조르는 건 염치없는 짓이라는 걸 10살 정도면 다 안다. 돈 앞에서는 누구보다 냉정한 엄마에게 차마 말을 꺼내지 못하고 몇 날 며칠 고민만 했다. 사 달라고 할까 말까를 고민했던 건 아니고 사 달라는 말을 오늘 꺼낼지 내일 꺼낼지를 끊임없이 재고 있었다고 말하는 게 정확하겠다. 나이보다 조숙했기 때문인지 갖고 싶은 것에 집착하면서 자연스럽게 터득한 잔머리인지 모르겠지만 상황에 따라 결과가 달라진다는 것을 알았던 것 같다.

나의 예상 시나리오는 이랬다. 아빠가 일하는 회사에 간다, 언제나 그랬던 것처럼 아빠는 손님 접대에 바쁠 것이다, 정신없는 틈을 타 (손님이 계신다면 더 좋다) 필통을 사 달라고 말한다, 별다른 꾸지람 없이 아빠가 허락한다. 지금 와서 생각하니 이렇게까지 치밀하게 계획하고 많이 생각할 필요가 있었을까 싶지만 어릴 때나 지금이나 답답한 성격은 어쩔 수가 없는 것 같다. 아무튼 사무실에 손님은 없었지만, 예상대로 아빠는 바쁘셨다. 애교를 타고나지도 않았고 본 적도 없으니 기껏해야 쭈뼛거리며 다가갔을 것이다. "아빠! 나 갖고 싶은 필통이 있어. 그게 어떻게 생긴 거냐면…" 하고 이제 막 필통에 대해 설명을 시작하려는데 아빠는 성가시다는 듯 "응, 그래 그래" 하고는 바로 돈을 주셨다. 지난 며칠 동안 눈앞에 어른거리던 필통을 드디어 손에 넣을 수 있게 된 것이다. 40년 전 기억이라 확실하지는 않지만 너무 기쁜 나머지 콧노래라도 부르지 않았을까. 지나가는 코흘리개도 '저 누나 손에 돈이 있다'고 짐작할 만큼 들떠 있었을 것이다. 나는 곧장 문방구를 향해 달렸다.

5천 원을 손에 쥐고 달리고 있는데, 누군가가 큰 소리로 물었다. "애, 너 손에 있던 돈 떨어졌지?" 순간 몹시 당황했지만 침착한 척하며 "아니요!"라고 대답했다. 그는 다시 확신에 찬 목소리로 말했다. "너 분명히 돈 떨어졌어." 나는 또 아니라고 대답했다. 돈은 분명히 내 손안에 있었다. 그런데도 확신에 찬 그 사람의 말에 마음이 흔들렸다. "너 돈 떨어졌다니까 손바닥 펴 봐!" 그 순간 나는 귀신에 홀린 사람처럼 손을 활짝 펼쳤다. 그다음은 짐작하는 대로다. 그는 내가 쥐고 있던 피 같은 돈 5천 원을 번개 같은 속도로 낚아채 번개보다 빠른 속도로 달아나 버렸다. 정말 치사하고 더러운 수법이었다.

눈앞에서 벌어진 일을 인식하는 데 꽤 긴 시간이 걸렸다. 놀라서 소리를 지르거나 억울해서 울고불고할 만도 한데 한참을 멍청하게 서 있다가 아빠 얼굴을 보고 나서야 대성통곡을 하기 시작했다. 나쁜 아저씨를 만난 것이 무서워서는 아니고 꿈에 그리던 필통을 살 수 없다는 생각에 울었을 것이다. 결국 나는 그 필통을 샀을까? 당연히 샀다. 사고야 말았다. 문구에 대한 집착이 심해서 한번 눈에 들어온 것은 사야만 직성이 풀렸다. 당시 유행하던 필통은 주로 자석 필통으로 앞면만 열리는 게 유행하다가 앞, 뒷면이 모두 열리는 필통이 나왔다. 열리는 문이 많으면 많을수록 아이들에게 인기가 많았고 그만큼 비쌌다. 충분히 좋은 것을 가지고 있었으면서도 늘 새로운 필통을 탐냈다.

나이가 들어도 여전한 것이 이거다. 나는 필통과 연필,

볼펜, 노트, 심지어 종이의 유혹에도 쉽게 무너진다. 지금도 여행할 때면 맛집보다 문구점을 먼저 검색한다. 그게 뭐라고 그 정도로 집착하냐는 사람들의 핀잔에 이렇게 말한다. "나는 뭔가를 적어야 하고 적으면서 생각을 체계화해. 그러기 위해서는 반드시 문구가 필요해." 그러면 어김없이 무슨 헛소리야 하는 표정으로 나를 바라보지만 아무래도 상관없다. 어쨌든 나는 어느 도시에 가나 문방구에 들른다. 문방구는 예쁘고 실용적이기까지 해서 단념할 수 없는 사물들로 가득 찬 장소다. 개인적인 애착이 전부 그곳에 있다. 필통과 펜이라는 사물이 만약 말을 한다면 자신에게 애착을 갖는 내게 무슨 말을 하고 싶을까. "나를 사랑해 줘서 고마워"라고 하지 않을까.

혼 자

가 는 곳

유독 필기구를 탐한다. 내 것뿐 아니라 남의 손에 들린 것도 탐낸다. 누군가 필기구로 뭔가를 쓰고 있는 모습을 보면 이미 갖고 있으면서도 새삼스럽게 탐이 난다. 예쁜 필기구를 보는 날에는 하루 종일 눈앞에 어른거려서 당장 가져오지 않았다는 사실이 한스러워 잠을 설친다. 그렇게 사 놓은 필기구들은 아마 죽기 전까지 다 못 쓸 것이다.

오래전에 산 만년필을 모처럼 꺼냈더니 잉크는 이미 말

라 버리고 종이 위에서 사각사각 소리만 난다. 만년필을 마지막으로 쓴 게 언제인지는 기억이 가물가물한데, 처음 펜글씨를 쓴 날은 또렷하게 기억난다. 다른 나라 말이 신기했던 중학교 1학년 때, 음악 공책으로 착각했던 네 줄짜리 공책에 A부터 Z까지 필기체로 한 번도 떼지 않고 이어 썼다. 다 쓰고 보면 고대의 문양 같기도 해서 신기했다. 펜글씨를 쓰면 사각사각 펜이 종이를 긁는 마찰음이 만들어 내는 분위기 때문일까, 아무튼 꼬집어 말할 수 없는 어떤 쾌감이 느껴졌다. 만년필을 쓰고 싶어 안달이 나는 건 어쩌면 당연한 일이었을 것이다. 만년필은 잉크를 찍을 필요가 없고, 무엇보다 근사한 어른이 된 기분이 들었으니까. '파커' 브랜드의 만년필이 유명했는데, 그건 대단한 사치였다. '몽블랑' 만년필은 지금도 메마른 내 감성을 촉촉하게 물들인다. 잉크가 흘러나와 종이 위에 그려지는 우아한 곡선을 바라보면 어떤 경건함마저 느껴진다.

그동안 장래희망이 수십 번 바뀌었지만, 변함없이 마음속에 남아 있는 희망 하나는 바로 문구점의 주인이 되는 것이다. 구하기 힘든 지우개와 연필, 종이 따위를 마음껏 사들이고 가장 아름다운 모습으로 늘어놓은 뒤 죽을 때까지 바라보는 것이다. 나만큼이나 문구를 좋아하는 누군가에게 물건이 팔려 나가면 며칠 동안 마음이 쓰릴 것이다. 문구점 주인의 꿈을 오랫동안 품었던 내가, 책을 내주겠다는 출판사가 있고 책을 내고 싶은 출판사가 늘어나고 '작가'라는 호칭으로 서로를 불러 주는 동료가 있는 삶을 살게 될 줄은 꿈에도 몰랐다. 가뜩이나 어려운 형편에 쓸데없는 데 돈을 쓴다고 핀잔을 들으며 사 놓은 만년필로 독자에게 사인을 해 줬다. 그러고 있는 나 자신이 믿기지 않았고, 오래전에 산 만년필이 그렇게 쓰인다는 사실이 신기했다. 시간이 날 때마다 들락거린 문구점에서 새로운 필통을 사고 필통을 채울 펜을 사고 그 펜으로 글을 쓰다가 결국 책을 쓰는 사람이 되었다. 그것 봐라. 필통은 쓸모가 아주 많은 물건이다.

그럴듯한 재주는 타고나지 못했지만, 마음에 드는 물건을 알아보는 눈은 가졌다. 내가 무엇을 좋아하고 무엇을 싫어하는지 정확히 알고 있다. 나는 예전부터 인간의 정신과 건강을 해치는 조악한 물건들과 부조화의 경계를 넘나드는 사물을 해체하고 아름다운 것들로 재탄생시키고 싶었다. 아름다운 것에 대한 집착으로 그림을 그리게 됐고 디자인을 전공했지만, 그때의 공부는 나에게 돈을 벌어 주지 않았다. 어렵사리 기른 미감美感은 가장 마음에 드는 필통과 펜을 고르는 데 쓰고 있다.

나이가 들면서 내가 선택한 삶은 단순하고 소박한 생활이다. 매 순간 그 사실을 기억하려고 노력한다. 그렇다고 해서 문구에 대한 욕망을 완벽하게 잠재웠다는 말은 아니다. 산속에서 자연인으로 살지 않는 한은 무언가를 사고 싶은 욕구에서 어느 누가 자유로울 수 있을까. 서점에 가면 책 옆에 놓인 필통에 눈이 가고 그 옆에 있는 노트를 만지작거리며 마지막까지 욕망에 저항해 보지만 끝에 가서는 언제나 무엇이라도 사게 된다. 고가의 필기구 앞에서는 타인의 여유를 부러워하고 기도 죽지만, 그래도 지금은 나의 상황을 인정하고 적당한 선에서 타협하거나 깨끗하게 포기하는 여유도 생겼다.

여전히 시간이 나면 문구점을 서성인다. 뒤따라온 남편이 찢어질 듯한 목소리로 다급하게 말한다. "또 사? 집에 많잖아." 내가 세상에서 제일 싫어하는 말이 "또 사?", 두 번째로 싫어하는 말이 "집에 많잖아"다. 역시 문구점에는 혼자 가야 한다.

다시,

　　　　　　　수영

1

점심을 먹을 때부터 저녁 식사를 고민하는 작가가 있다. 사람들은 보통 저녁에 뭘 먹을까 고민하지만, 그는 어떻게 하면 저녁을 거르고 잠들 수 있을까를 고민한다. 책은 시종일관 오늘 밤만은 굶고 자야지 하는 굳건한 의지와 의지에 비하면 의외로 빠른 체념, 그리고 여전히 성공하지 못한 다이어트의 고충을 얘기한다. 박상영 작가의 『오늘 밤은 굵고 자야지』를 읽는 동안 일종의 동병상련을 느꼈다.

박상영 작가는 남들이 자신의 사진을 찾아보는 것을 싫어한다고 말했지만, (나 역시 사진 찍는 게 죽기보다 싫다) 나는 그의 이름을 검색한 뒤 그의 모습을 면밀히 살펴보았다. 굳이 싫다는 짓을 해서 미안한데, 언젠가 텔레비전에서 보았던 이미 유명한 사람이었다. 아, 이름이 박상영이구나. 소설가의 이름과 얼굴을 매치하지 못했을 뿐 익숙한 얼굴이었다. 극단적인 예로 영화배우 봉태규와 개그맨 김준현 중에 한 사람을 택해야 한다면 나는 단연코 김준현이다. 개인적 취향이 그래서인지 나는 듬직한 남자인 박상영 작가가 보기 좋았다. 그가 말한 것처럼 그는 뚱뚱하지 않았다. 그사이에 다이어트에 성공한 것일까. 만약 그게 아니라면 그의 엄살은 반칙이다.

요즘은 어느 곳에 가도 체격이 큰 여자를 만나기 어렵다. 단체로 사라지기로 약속이나 한 것처럼. 그게 아니면 이렇게 뚱뚱한 사람이 안 보일 리가 없다. 내가 책을 든 채 방바닥과 한 몸이 되어 뒹굴며 온몸에 살을 붙이는 사이에 그녀들은 미친 듯이 운동을 하며 비지땀을 흘리고 있었나 보다. 사는 게 힘들고 피곤하다는 핑계로 자주 누워 있고, 스트레스가 많다는 핑계로 몸에 해로운 것들을 먹으며 보낸 지난날들이 주마등처럼 머릿속을 스쳐 갔다. 이렇게 지내다가는 정말 큰일 나겠다는 생각에 수영장에 등록했다. 무려 25년 만이다.

전신 거울 앞에 서서 수영복을 입은 내 모습을 보니 말문이 턱 막혔다. 두리뭉실한 배와 옆구리, 체격에 비하면 의외로 작은 골반. 거울 속의 내 몸은 굴곡이 완전히 사라지고 없었다. 결국 올 것이 왔구나. 남자도 여자도 아닌 제3의 성을 가진 인류의 등장이다. 이 꼴로 수영장을 활보할 생각을 하니 우울했다. 예전보다 우람해진 지금의 내 모습을 있는 그대로 긍정하기가 얼마나 힘이 드는지.

수영장에서 만나는 사람은 몸매를 기준으로 두 부류로 나뉜다. 수영 선수처럼 어깨가 약간 벌어졌지만 군살 하나 없는 미끈한 몸매를 자랑하는 부류와 수영을 아무리 열심히 해도 쉽게 체중이 빠지지 않는 듯 보이는 부류이다. 후자는 운동을 하면 할수록 근육이 붙으면서 우람해지는 부작용을 겪는다. 수영장에서조차 나는 이도 저도 아닌 몸매의 소유자다. 날씬하다고 말할 수는 없지만 그렇다고 비대하지는 않은 그저 체격이 큰 사람. 우람한 그들에게는 미안한데 그들이 있어서 수영복을 입을 용기가 생긴다.

오랜만이라서 그런지 물이 조금 무서웠다. 그래도 금세 예전의 감각을 찾아 갔다. 가장 자신 있는 배영을 하기 위해 최대한 힘을 빼고 물 위에 몸을 띄워 보니 뻣뻣하게 굳은 몸 여기저기가 풀리는 느낌이었다. 레인의 이쪽 끝에서 저쪽 끝까지 몇 초 안에 도달할 것인지, 한 시간 안에 몇 바퀴를 돌 것인지는 조금도 관심이 없다. 매일 아침 운동을 할 수 있는 시간이 있다는 것과 그 시간을 충분히 즐길 마음의 여유가 있는 것만으로 이미 운동 효과를 충분히 누리는 셈이다. 그런데 나만 이런 마음인지 수영장에서 여유를 부리는 사람은 나 혼자뿐이다. 강사가 없는 자유 수영이라 숨이 차면 쉬기도 하고 수영하는 사람들을 구경하면서 여유도 부린다. 죽기 살기로 속도를 낼 필요도 없으니까 말 그대로 유영을 하게 되는데, 그러다 보니 뒤따라오는 사람에게 금세 따라잡혀 그가 휘두르는 팔이나 발에 맞고, 언니들에게(수영장에서 나는 체력도 나이도 막내에 속한다) 억울하게 혼이 나지만 아무래도 상관없다. 어떤 상황도 기분 나쁘지 않게 받아들일 수 있다. 그만큼 물속에 있는 시간이 즐겁다.

추운 계절에는 이불을 박차고 나가기가 쉽지 않은데,

수영장만은 예외다. 수영이 끝나고 찬물에서 빠져나와 뜨거운 물로 샤워할 때의 그 기분이란. 수영은 그 상쾌함에 중독되는 것이다. 수영이 끝나면 언니들은 주섬주섬 주전부리를 꺼내 놓고, 머리를 말리고 옷을 입는 나를 부른다. 슬그머니 가 보면 주먹밥이나 떡과 과일 같은 걸 펼쳐 놓고 2차를 시작한다. 항상 구경만 하고 2차에 끼지 않는다. 떡 하나도 입에 대지 않고 돌아서는 내 뒤통수에 언니들의 핀잔이 따라붙는다. "야, 치사하게 너 혼자 살 빼려고 그러냐?"

2

몸에 관한 이야기를 한다면 남편 이야기를 빠뜨릴 수 없다. 그 사람에 관한 이야기를 솔직하게 쓸 수 있는 건 그가 내 책을 읽지 않기 때문이다. 진심으로 고맙게 생각한다. 그는 꽤 흥미로운 글감이다.

요즘 남편의 배는 어묵과 국물을 같이 담아서 묶어 버린 검정 비닐봉지 같다. 자칫 잘못해서 비닐이 찢어지면 어묵 국물이 줄줄 흘러 버릴 것 같은 불안한 모습이다. 남편도 허리둘레가 28인치이던 시절이 있었다. 지나치게 말라서 어떻게 하면 살을 찌울까 고민하면서 밥상을 차렸던 기억이 있다. 덩치가 크고 듬직한 남자를 좋아하는 취향이다 보니 남편의 마른 체형이 더욱 신경 쓰였던 것 같다. 예전과 확연히 달라진 몸매가 자기도 신기한지 툭하면 어묵 봉지 모양의 배를 쓱 내밀며 "내 배 좀 봐" 한다. 그럴 때면 어쩌라는 건지, 터트리고 싶다는 건지 아니면 쓰다듬어 달라는 건지 난감하다.

남편의 배가 그렇게 된 가장 큰 이유는 바로 매일 저녁 반주로 먹는 막걸리 한 병 때문이다. '막걸리 한 잔'이라는 노래를 처음 들었을 때 어머, 이 노래는 당신 주제가네? 했었다. 남편은 그 노래가 유행하기 훨씬 전부터 매일 저녁 막걸리 한 병을 마셨다. 나는 매일 똑같은 술을 두 병도 아닌 딱 한 병을 마시는 남편이 신기했다. "왜 한 병이야? 하필 왜 막걸리야?" 하고 물었지만 수긍할 만한 대답을 듣지 못했다. 남편은, 잠이 안 와서, 허전해서, 기분이 좋아서, 심심해서, 심지어 배가 고파서 등 다채로운 이유를 댔지만 나는 그가 말한 이유를 수긍할 수 없다. 왜냐고? 그건 이유가 무엇이든 반드시 고쳐야 할 나쁜 식습관일 뿐이니까. 박상영 작가처럼 남편도 저녁이 되면 "오늘은 막걸리 한 병을 먹지 말고 자야지" 말이라도 해 주었으면, 의지라도 보여 주었으면 싶지만 앞으로도 그런 모습을 보기란 좀처럼 어려울 것 같다. "오늘 하루만이라도 건너뛰는 게 어떨까?" 하고 넌지시 물으면 "내가 얼마나 낙이 없는 사람인데"로 시작하는 넋두리를 듣게 된다. 그게 지겨워서 더는 말하지 않는다. 알다시피 내가 지금 남 걱정할 때는 아니다. "부부란 역시 함께 살다 보면 닮아 가기 마련인가 봐요." 이런 말을 듣게 되는 게 현재로선 제일 무섭다.

빵

1

세상에 빵을 안 좋아하는 사람이 있다는 말을 듣고 얼마나 놀랐는지 모른다. 밀가루만 먹으면 소화불량이 온다는 사람도 봤지만 빵 만큼은 예외라고 생각했다. 만약 빵을 안 먹는 사람이 있다면 나처럼 당뇨병을 염려한다거나 설탕이나 밀가루에 알레르기 반응이 있는, 정말 어쩔 수 없는 경우라고 생각했다. 그러니까 그들은 빵을 싫어하는 게 아니라 먹고 싶어도 먹지 못하는 사람일 거라고. 아니면 옛날 구멍가게에서 팔았던 퍽퍽하고 달기만 한 싸구려 빵 맛이 혀에 각인되어 다른 빵은 더 먹어 볼 필요가 없다고 생각하게 되었거나. 그렇지 않고서야 하얀 생크림을 균일하게 바른 돌돌 말린 롤빵과 자다가도 저절로 눈이 떠지게 하는 버터 향의 스콘을 어떻게 마다할 수가 있다는 건지. 클로티드 크림을 발라 먹는 스콘이 별로라면 카스텔라는 어떤가? 녹차를 가미한 부드러운 카스텔라의 유혹을 떨치기는 힘들 것이다. 그것도 별로라면 초콜릿이 과하게 들어간 쫀득한 식감의 브라우니는? 마리 앙투아네트Marie Antoinette 때문에 세상에 알려진 초승달 모양의 크루아상은? 세상은 넓고 맛있는 빵은 많다.

그러고 보니 "나는 빵은 그저 그래" 하는 사람이 몇 명 기억난다. 빵이 별로인 사람들은 대체로 술을 좋아하는 것 같다. 그들이 선호하는 음식은 주로 얼큰하고 짭짤한 술안주용 음식이다. 내가 하루 세끼를 빵으로 먹어도 김치를 찾기는커녕 또 다른 빵에 눈을 돌릴 사람이라면 그들은 모든 음식을 안주로 생각하고 밥과 술이 세트인 사람들이다. 그들에게 빵은 주식이 아니라 입이 심심할 때 먹는 군것질 같은 것이다. 그런 사람들을 만나면 나는 주머니를 털어서라도 대한민국에서 맛있다고 소문난 빵집의 다양한 빵 맛을 보여 주고 싶다.

나는 당뇨가 무서워서 시중에서 파는 빵을 마음껏 먹지 못한다. 그 아쉬운 마음을 일주일에 서너 번 샌드위치를 만들어 먹으며 해소한다. 가격이 비싸더라도 좋은 치즈와 수제 햄을 산다. 신선한 채소를 듬뿍 넣으면 빵을 먹을 때 느껴야 하는 죄책감을 조금이나마 덜 수 있다. 가장 좋아하는 샌드위치는 캄파뉴나 호밀빵으로 만드는 오픈 샌드위치다. 치즈 스프레드를 약간 바르고 햄을 올려 먹는 호밀 샌드위치는 되도록 햇살이 가득 들어오는 창가에 앉아서 먹어야 한다. 진한 커피 한 잔도 필수다. 이보다 완벽한 식사 시간이 어디 있을까. 먹는 행복이 최고조가 되는 순간이다.

빵을 좋아하면서 자연스럽게 빵과 어울리는 음료나 곁들여 먹는 요리에도 관심을 갖게 되었다. 콜리플라워 수프는 눈 오는 날 만들어서 빵을 찍어 먹어야 한다. 두껍게 자른 바게트에 꼬릿한 냄새가 나는 치즈를 얹고 그 위에 블랙 올리브를 반으로 잘라 올리면 더운 여름날 기가 막힌 맥주 안주가 된다. 빵으로 만든 음식은 만들기도 간편하고 의외로 재료비가 적게 든다. 설거지가 간편한 건 말할 것도 없다. 뜨끈한 감자탕이나 갈비탕, 콩나물 김칫국을 먹어야 밥을 먹은 것 같다는 남편 때문에 빵으로만 식사를 해결할 수 없지만, 혹시 다음 생이 허락된다면 끼니를 모두 빵으로 해결하는 프랑스나 벨기에 같은 유럽에서 태어나고 싶다.

지금 이 순간 먹고 싶은 빵은 번이다. 금방 구워진 번 냄새는 지독하게 유혹적이다. 직장을 다니던 시절, 지하철 안 빵 가게에서 번이 구워지는 냄새가 나면 뱃속이 요동을 쳤다. 출근 중임에도 가던 길을 멈추지 않고는 견딜 수 없었다. 빵의 유혹에서 이겨 본 적이 별로 없지만, 특히 번의 유혹에는 매번 힘없이 무너졌다. 한동안은 짙은 커피색의 동그란 빵에서 흘러나오는 모카커피의 향에 푹 빠져서 하루라도 그 빵을 먹지 않은 날이 없다. 이상하게 번은 한 개를 먹으면 더 배가 고팠다. 지금은 그저 추억의 한 페이지일 뿐이다. 그때처럼 빵을 먹다가는 오늘 당장이라도 인슐린을 복용해야 할지도 모른다.

요즘은 빵 한 봉지를 사면 그 빵과 함께 어디론가 숨고 싶어진다. 그리고 빵을 먹으며 『빨간 머리 앤』 같은 책을 펼쳐 읽고 싶어진다. 빵은 내게 참 신기한 음식이다.

2

빵 애기를 하다 보니 오예스 생각이 난다. 오예스를 좋아한다. 이 도령이 춘향이를 꼬드길 때, 앵두를 줄까, 단 참외를 줄까, 포도를 줄까 했던 것처럼 나에게 무엇을 먹겠냐고 묻는다면 초코파이도 싫고 몽쉘도 싫고 오로지 오예스를 먹겠다고, 백번이고 오예스라 대답할 것이다. 쩐득거리지 않는 적당한 식감에 투박하지 않게 발린 초콜릿, 딱 알맞은 촉촉함. 저렴한 가격 대비 단연코 좋은 맛이라고 말하고 싶다. 크기가 작아진 것이 흠이라면 흠인데, 그건 정녕 오예스만의 문제는 아니다.

꼭 빵 때문은 아니지만 어쨌거나 다이어트는 어렵기만 하다. 나에게 먹고 싶은 욕망을 완벽하게 잠재우라고 하는 건 고통이다. 요요를 경험한 적이 있어서인지 음식을 절제하는 것도 두렵다. 그나마 육류를 좋아하지 않아서 삼겹살과 스테이크에 침을 흘리지 않는다는 것이 다행이라면 다행이다. 죽을 때까지 당뇨를 걱정하며 현미밥과 고사리나물과 취나물만 먹고 살아갈 자신이 없다. 담백하고 바삭한 빵은 더욱 끊을 자신이 없다. 이사를 하는 날에는 자장면 생각도 날 것이고 비 오는 날이면 기름지고 끝이 바삭바삭하게 부쳐진 부추전 생각도 날 것이다. 전 부치는 실력이 특히 좋은 편인데 그 실력을 나를 위해 쓰지 못하고 남 좋은 일만 하고 산다. 내가 만든 김치전과 부추전, 해물파전을 내가 먹을 수 없다는 건 지나친 형벌이다. 겨울이면 붕어빵이 반가울 것이고 여름이면 팥빙수도 한 번 먹고 지나가야 한다. 계절 따라 오는 음식들이 전부 내 건강을 해친다고 생각하면 조금 우울해진다. 정말 먹고 싶은 음식이 있고, 감당할 만하다면 한 번쯤 저지르는 건 괜찮지 않을까 하고 부질없는 혼잣말을 한다.

"먹을 때마다 칼로리를 고민하고 조리법을 연구해서 음식을 해 먹으면 정말로 당뇨에 걸리지 않을까요?" 하고 담당 의사에게 물어보면 의사는 뭐라고 대답할까. 아, 세상 한가운데서 수도승처럼 살기가 쉽지 않구나. 마음에도 음식에도 걸림 없이 살아보고 싶다. 내 자유의지로 먹는 행복을 찾아보고 싶다.

'반지하'라는

말은 누가

만들었을까

오래전부터 집에 사람을 초대하는 일이 없다. 예전에는 워낙 좁아서 손님이 앉을 만한 공간이 없다고 말하기에도 부끄러운 집에서 살았기 때문이고, 지금은 누군가가 내 집으로 들어오는 순간 내 일상이 잠시 멈추거나 적어도 그 결이 바뀐다고 생각하게 되었기 때문이다. 집에 사람을 들인지 워낙 오래되다 보니 손님이 올 때 따라오는 즐거움도 잊은 지 오래다.

처음부터 그랬던 건 아니다. 결혼할 때만 해도 남들보다 여유롭게 시작했다. 신혼 초에는 친구들을 불러 저녁을 먹고 맥주도 마시며 와자지껄한 시간을 보내기도 했다. 비록 남편 명의지만 30평대 아파트는 행복한 신혼을 꿈꾸기에 좋은 평수였다. 갤러리 문이 달린 하얀색 붙박이장을 한쪽 벽면에 채워 넣었고, 둘 다 키가 크다는 이유로 당시에는 구하기 힘들었던 킹사이즈 침대도 들였다. 인테리어에 힘을 주었다라고 말할 수는 없지만 내가 가진 감각을 끌어모아 최대한 꾸며 놓고 살았다. 엄마가 해주신 신혼 가구와 살림살이를 바라보며 내가 결혼을 하다니, 이곳이 내 집이라니, 이것들이 내 살림이라니 하며 살았던 시간은 딱 1년이었다.

평생 후회할 일을 저지른 당사자인 남편이 홀연히 사라진 뒤, 나는 집과 가구와 살림을 모두 놔두고 야밤에 버스를 타야 했다. 돌쟁이 딸은 등에 업혀 있고 손에 든 가방에는 쌈짓돈 3백만 원이 든 통장이 들어 있었다. 백만 원은 아이의 우윳값으로 떼어 놓고 보증금 2백만 원짜리 방을 구해 들어갔다. 거긴 집도 방도 아닌, 창고라고 말해야 할 곳이었다. 그 방에 처음 들어섰던 순간의 심정을 나는 아직 말로도 못하고 글로도 쓰지 못한다. 살아오면서 몇 번은 그 시절의 이야기를 꺼낼 일이 있었지만, 막상 설명하려고 하면 말문이 컥 하고 막혀 버린다.

긴 세월 월세를 면하지 못했고 나는 이삿짐 싸기 달인이 되었다. 당시에 살던 방들을 내 집이라고, 아니 내 방이라고 순순히 받아들이지 않았다. 마음을 붙이기는커녕 하루빨리 탈출해야 할 끔찍한 감옥 정도로 여겼다. 새벽에 나갔다가 야밤에 들어오는 직장생활에 빨리 적응한 이유도 어쩌면 그 방에서 지내는 시간이 싫었기 때문일지도 모른다. 그자비에 드 메스트르Xavier de Maistre의 책 『내 방 여행하는 법』에는, "세상에서 벗어나 은둔할 골방조차 없는 비참한 처지의 사람들이라면 혹 모르겠으나 그런 골방만 있으면 우리 여행에 필요한 모든 게 다 갖춰진 셈"이라는 구절이 나온다. 들어설 때마다 눈물이 앞을 가렸던 보증금 2백만 원짜리 지하 월세방. 차마 그때는 하지 못한 그 방 여행을 저자의 권유대로 이제야 떠나 보려 한다. 어린아이를 업고 막차를 탄 지 무려 33년 만이다.

'반지하'라는 말은 누가 만들었을까. 나는 지하면서 지하가 아닌 척하는 반지하라는 단어가 눈물겹다. '반지하'라는 단어에는 그곳에 삶의 터전을 만들어야 하는 사람들의 절박함과 빨리 누군가에게 내어주고 손을 털어 버리고 싶은 집주인의 마음이 담겨 있다. 마음의 준비 없이 들어서면 훅하고 코를 때려 버리는 곰팡이 냄새에 속수무책이 되는 곳.

오래 잠겨 있던 문을 열고 들어가 가장 먼저 만난 건 돈벌레였다. 지금 생각해도 오금이 저린다. 돈벌레와의 대면에 놀라서 재빨리 문을 닫아 버리고는 계단을 뛰어 올라가 길바닥에 주저앉아 울었다. 보증금 백만 원의 차이가 얼마나 큰지 그때 처음으로 깨달았다. 그 돈은 반지하의 선택지가 엄청나게 늘어나는 액수였다. 어쨌든 아무것도 없던 방에 옷을 걸어 둘 옷걸이와 아이 용품을 수납할 플라스틱으로 된 3단 서랍장이 들어왔고, 몇 달 뒤엔 작은 텔레비전 하나, 중고 냉장고 하나가 자리를 잡았다. 세탁기는 원래 그 방에 있던 것을 썼다. 작은 밥솥을 사고 냄비를 사고 그릇을 사고 수저를 샀다. 어른이 되고 보니 그런 식의 초라한 소꿉놀이는 재미가 없었다. 시간이 지나며 뭐라도 끓여 먹고 이불을 펴고 잠이 들고 깨어나니 조금씩 삶의 냄새가 끼어들었다. 싱겁지만 내 방 여행은 여기서 끝이다.

생활이 이 지경인데 이 방에 누굴 들인다는 말인가. 궁

핍한 삶이 고스란히 드러난 방을 남에게 보이는 것은 마치 내 알몸을 보이는 것과 같았다. 내 처지를 안타까워하는 친구들이 찾아왔지만, 한 번도 방으로 들인 적이 없다. 그때부터 내 방은 사람이 찾아오는 곳이 아니라 압류를 알리는 우편물이 쌓이거나 법원에서 발송한 등기 봉투를 든 우체부가 이따금 문을 두드리는 공간이었다. 그 방으로 다른 사람이 들어온 건 압류 딱지를 붙이는 집행관이 유일했다.

그때쯤 부동산 사고팔기를 열심히 한 친구가 분당에 새 아파트를 장만했다. 집들이에 초대받고 복잡하고 미묘한 감정이 들었다. 가기를 망설였지만, 아무것도 필요 없으니 밥만 먹고 가라는 친구의 말에 끝내 거절하지 못하고 친구의 집을 방문했다. 남들은 새집 증후군 때문에 고민이라는데 나는 어쩐지 새집 냄새가 좋았다. 비싸 보이는 가구와 반짝거리는 살림을 배경으로 한 채 손님을 맞이하는 모습이 내가 알던 사람이 아닌 전혀 다른 사람처럼 보였다. 먹고 마시는 동안 친구들은 주로 성공적으로 부동산 투기를 해낸 친구를 부러워하며 비법을 알아내려 했다. 새 아파트의 주인이 된 친구는 갚아야 할 은행 빚이 많다면서 보이는 모습이 다가 아니라는 푸념을 늘어놓았다.

집들이에 다녀오면 바닥으로 곤두박질친 내 인생을 친구의 삶과 비교하며 괴로워하고 희망이 없는 현실에 크게 좌절할 줄 알았는데 예상했던 것과는 다르게 나는 친구가 부럽지 않았다. 분명히 몇 시간 전 친구 집으로 향하는 지하철 안에서 생각했었다. '친구 집에 갔다 오면 곰팡이 냄새나는 반지하의 방으로 돌아와야 하는 현실에 비관하고 딱 죽고 싶을지도 몰라.' 학창 시절의 성적까지 들춰가며 너보다 못한 게 뭐길래 나는 이렇게 구질구질하게 사는 걸까 한탄하고 끝내 눈물 바람을 하게 될 거라고. 그런데 아니었다. 가만 보니 부러움이라는 것도 어느 정도 뒤집을 가능성이 있을 때 가질 수 있는 감정이었다. 언감생심, 이건 도저히 게임이 안 되는 상황이니까 '너는 네 인생, 나는 내 인생을 사는 거지' 하는 마음이었다. 아무리 그렇다고 해도 이렇게 아무렇지도 않다니 신기한 노릇이었다.

작고 초라한 방에 들어와 다리를 뻗고 앉으니 어쩐지 마음이 편안했다. 처음 이 방에 들어올 때만 해도 언제까지나 이곳을 벗어나지 못할 거라는 두려움에 몸부림쳤는데 그 두려움이 어느 정도 흐려졌다는 사실을 깨달았다. 하루아침에 더 좋은 곳으로 갈 수 있다는 믿음이 생겨서는 아니었을 것이다. 나는 언제부턴가 작고 초라한 방이 내 공간이라는 사실을 받아들이고 있었던 것이다. 그렇게 생각하니 손바닥만 한 방이 그럭저럭 봐 줄 만했고 방바닥에 손을 대자 기분 좋은 온기가 느껴졌다. 꽁꽁 닫혀 있던 반지하 방문은 그렇게 조금씩 열리고 있었다.

청소라는

시시한 행위

집 장만은 나에게 신기루 같아서 잡힐 듯 잡힐 듯 잡히지 않았다. 이 정도면 가능하겠지 싶은 돈이 만들어지면 집값은 나를 희롱하듯 저만치 달아나 있었다. 쫓고 쫓기며 집과 애증의 관계를 청산하니 10년이 지나 있었다.

내 능력으로 장만할 수 있는 집의 크기는 20평대였다. 더 큰 욕심을 부린 적도 없다. 완전히 정착이 가능한 내 집으로 이사를 하면서 무슨 미련인지 마지막까지 끌고 다니던 침대를 버렸다. 본격적으로 좌식생활을 해 보겠다는 계획이었다. 그렇게 시작한 좌식생활은 작은 집을 보다 효율적으로 사용할 수 있는 좋은 방법이었다.

침대가 없는 안방은 상상했던 것보다 광활했다. 이불까지 보이지 않게 수납해 버리니 속이 시원했다. 눈엣가시 같던 침대 밑의 먼지도 없다. 식구들이나 주변 사람들에게 청결에 관해서는 병적이라는 말을 듣는 편인 나는 청소가 싫지 않다. 아니, 청소가 좋다. 그런 내게 좌식생활은 먼지가 잘 보여서 안성맞춤이다. 방 한가운데 버티고 있는 가구가 없으니 청소하기가 얼마나 신이 나는지. 방바닥을 반질반질하게 닦는 걸 좋아하다 보니 아침에도 닦고 이불을 펴기 전에 또 닦는다. 그렇게 닦아 놓고는 파리가 미끄러워 넘어질 정도로 깨끗하다고 만족해한다. 더운 여름, 잘 닦인 방바닥에 큰 대자로 누우면 침대를 버린 내가 그렇게 기특할 수가 없다.

청소가 좋은 이유는 그 간단한 행위가 보기보다 큰 만족감을 주기 때문이다. 깔끔해진 상태를 실시간으로 확인하는 쾌감도 크다. 잡다하게 널려 있는 물건들을 정리해 제자리를 찾아 넣으면 깨끗한 공간이 새롭게 탄생하는데, 바로 그때 완벽한 평화와 만족이 찾아온다. 월세와 전세를 전전할 때는 느끼지 못한 감정이 차오른다. 그토록 오랫동안 염원하던 내 집이 생겼다는 것을 청소하면서 비로소 실감하는 것이다. '아, 여긴 빌린 집이 아니지. 내가 내 집을 청소하는 거야. 스스로 나가지 않는 이상은 누구도 나를 내쫓을 수 없어.' 속사정이 이러니 청소를 좋아하는 것은 당연하고 '청소'라는 사소한 일에도 큰 만족이 따라온다.

홈쇼핑 채널 중에 가장 오래 보는 것은 단연코 청소용 세제를 판매하는 채널이다. 세제의 강력한 효과를 보여주기 위해 욕실 타일 틈새에 낀 곰팡이를 없애는 장면은 넋을 놓고 본다. 찌든 때가 씻겨 나가는 과정을 지켜볼 때의 쾌감은 1년 만에 간 대중목욕탕에서 때를 밀 때 느껴지는 쾌감과 비슷하다(그런 경험이 있지는 않다). 그 시원한 기분은 계속해서 나를 청소하는 사람으로 만든다. 청소를 통해 내 주변이 깨끗해졌다는 것을 확실히 인식하는 것도 즐거운 일이다. 아, 정말 깨끗하다! 유명한 광고처럼 "청소 끝!" 하고 큰 소리로 외치고는 최대한 그 기분을 즐긴다. 남편은 항상 그런 내 모습을 걱정스러운 눈길로 바라본다. 저 이상한 여자를 어쩌면 좋을까 하는 표정이다.

우리 집에도 성능이 좋은 청소기 한 대가 벽에 기대어

있다. 미세 먼지가 기승을 부리고 고양이털이 심하게 날려서 마련한 것인데 꽤 믿음직하다. 성능이 좋다고 소문이 자자한 청소기와 함께 집 안을 돌고, 청소의 즐거움을 느끼기 위해서 기꺼이 작은 빗자루를 든다. 청소기로 바닥을 열심히 밀었는데도 꼼꼼하게 빗자루질을 하면 먼지와 머리카락이 꽤 모인다. 그렇게 모인 먼지와 머리카락을 쓰레받기에 담아 버리고 찬물로 손을 씻으면 이로써 진짜 청소가 끝났구나 하는 기분이 든다. 그야말로 깨끗함을 즐기는 일상이다.

하루하루를 비슷하게 산다. 집안일의 반복이 지루하지 않다. 비슷한 시간에 일어나고 어제와 같은 시간에 먼지를 털고 청소기를 민다. 다 큰 딸아이가 속을 썩이는 날에도 걸레를 빨아 거실을 닦는다. 내 마음을 몰라주고 오십이 넘어서도 여전히 철들지 못하는 남편이 못 견디게 꼴보기 싫은 날에도 어김없이 청소를 한다. 그렇게 억지로라도 매일 비슷한 일상을 만들어 간다. 그러면 또 아무 일도 없던 것처럼 잔잔한 평화가 깃든다. 자신이 사는 집을 난장판으로 만들고도 불편함을 모르는 사람이라면 밖에서 아무리 대단한 일을 하는 사람이라도 믿을 수 없다고 생각하는 편이다.

나는 청소라는 시시한 행위로 내가 어떤 사람인지 증명하고 싶다. 시시한 일상을 잘 가꾸는 사람, 요리나 청소 같은 삶의 작은 단위부터 잘 가꿀 줄 아는 사람, 일상을 퇴적시켜서 삶의 의미를 만들어 나가는 사람. 인생의 의미를 사소한 곳에서 발견하는 사람이 되고 싶다.

버리는

기쁨

안전한 삶이라는 게 정말 존재하는 것인지 끝없이 의심하던 때가 있었다. 불안을 몰아내는 데 도움이 되는 방법이 있다면 무엇이든 시도하고 싶었다. 여러 시도 끝에 내가 선택한 방법은 아주 평범한 것이었다. 바로 지금 이 순간 할 수 있는 일을 하는 것. 쓸데없는 것들을 버리고 내게 주어진 의무를 다하고 음식과 옷, 집을 최대한 단순하게 만드는 것이다. 그렇게 단순한 삶을 살게 된 어느 날 깨달았다. 이거 할 만한데? 예전보다 수입이 적어지면 당장 큰일이 벌어질 줄 알았는데 그전과 똑같은 방식으로 멀쩡하게 살아가고 있다는 것이 신기했다. 나갈 것이 적으니 들어오는 것이 적어졌더라도 큰 문제가 없었다. 큰 금액은 아니지만 오히려 통장의 잔액이 늘어났다. 삶에 예상하지 못한 일이 생겨도 견딜 수 있다는 믿음이 생겼고 웬만한 불운에는 흔들리지 않게 됐다. 예전 같으면 당황해서 어쩔 줄 몰라 했을 상황인데 이상하게 마음이 편했다. 삶과 생활이 소박한 사람은 불확실함 앞에서도 별 어려움이 없다는 사실을 체험한 것이다.

몇 년 전부터 필요하지 않은 것들을 내다 버리기 시작했다. 생활 공간 대부분을 빈 곳으로 만들었다. 필요한 최소한의 물건보다 더 많이 소유하는 것은 곧 불행을 짊어지는 것이라는 도미니크 로로Dominique Loreau의 말대로 비워진 곳에는 조금씩 새로운 행복과 만족감이 들어와 쌓였다. 비워 내며 생긴 여백에 맑은 바람이 지나가고, 그 덕분에 정신이 맑아졌다. 이제는 일상이 성에 차지 않거나 뭔가 다시 시작하고 싶을 때, 가지고 있는 것들을 미련 없이 정리한다. 버릴 것들을 묶어서 집 밖으로 내놓으면 개운하고 홀가분하다. 삶에 새로운 탄력과 생기가 돋으면서 앞으로는 쓸데없는 것들로 삶을 채우지 말자는 다짐을 하게 된다.

잡다한 물건을 버릴 때마다 더 버릴 것이 없는지 끊임없이 찾게 되는데 그럴 때는 즐겁고 신이 나서 콧노래를 흥얼거린다. 버리는 행위를 이렇게 즐거워하다니 얼마나 다행인가 생각하면서. 버리기를 좋아하는 성격은 고모를 닮은 것이라는 말을 언젠가 고모부에게 들은 적이 있다. "너희 고모는 말이다, 사람도 내다 버릴 수 있는 것이라면 진즉에 나도 버렸을 거다." 사람은 버리지 않고 잡다한 물건만 버렸던 고모. 그 고모를 닮은 건 다행이라고 생각하며 웃었다.

커다란 쓰레기봉투나 빈 상자를 가져다가 버릴 물건을 주워 담을 때면 계속해서 놀란다. 세상에나, 이 작은 집에 버릴 물건이 이렇게나 많았다니. 물건을 정리한 지 이제 두 달이 지났을 뿐인데 또 한 상자가 채워진다는 것이 믿기지 않는다. 버려지는 물건을 하나하나 살펴보면 거기엔 내 지나온 삶의 소우주가 담겨 있다. 그게 제법 근사하면 좋을 텐데 꼭 그렇지만은 않다. 기분 좋은 일이 생겼던 어느 날 자축한다는 핑계로 술자리를 만들고 평소의 주량을 넘기도록 술을 마신 뒤 어떻게 집으로 돌아왔는지조차 기

억이 가물가물한 상태로 아침을 맞이하고는 지갑을 뒤적
거려 꺼내 본 영수증 속의 단어를 보면서 생각한다. 참 쓸
데없는 것을 많이도 먹었구나. 상자 속 물건들을 보면서
도 똑같은 생각을 한다. 참 쓸데없는 것을 많이도 사들였
구나. 집을 점유했던 물건은 나의 일상을 이처럼 투명하
게 반영한다.

버릴 물건을 고를 때마다 가장 많은 건 부끄럽게도 옷
이다. 옷장과 서랍장을 뒤집어 버릴 것들을 골라내면 금
세 산더미 같은 옷 무덤이 생긴다. 버릴 옷들을 하나하나
살펴보면 지나온 시간이 보인다. 어떻게 살고 싶다는 삶
의 기준이 있어도 상황이 따라 주지 않으니 취향 같은 것
도 사라졌는지 어떤 시기에는 알록달록한 옷을 샀고 어떤
시기에는 주로 칙칙한 색의 옷만 입었다. 꺼내 놓은 옷들
이 대부분 낯설지만 내 옷장에서 나온 옷이니 내 것이 분
명했다. 가난한 살림살이에 옷까지 누더기로 입으면 남들
이 무시할지 모른다는 염려, 스트레스를 해소한다는 핑
계. 이 두 가지가 옷이 많아진 이유였을 것이다. 그래서일
까. 엉킨 삶의 실타래가 조금씩 풀리면서 가장 먼저 옷으
로부터 자유로워지고 싶었다. 며칠 전에도 옷을 한 상자
나 재활용통에 넣었다.

지난 몇 년 동안 정리를 되풀이하지 않았다면 작은 집이 어떤 꼴이 되었을지 생각만 해도 몸서리가 쳐진다. 이제는 어떤 것이 진짜이고 어떤 것이 가짜인지 가릴 수 있는 눈이 조금 생긴 것 같다. 사람을 대할 때도 그렇고 한낱 물건을 대할 때도 그렇다. 내 마음을 흡족하게 하는 것 하나면 된다. 부질없는 일과 물건에 얽매여 세월을 헛되이 보내는 경우가 얼마나 많았나. 이 얽매임을 벗어 버리고 진짜로 하고 싶은 일을 하면서 나에게 주어진 삶의 몫을 다하고 싶다. 이것이 진짜 내 삶을 사는 방법이라고 생각한다. 자신의 몫이 아닌 것을 알면서도 주변의 시선 때문에 마지못해 질질 끌려간다면 그것은 온전한 삶일 수 없다. 무가치한 일에 힘을 낭비하는 것은 자신의 소중한 삶을 쓰레기더미에 내던져 버리는 것이나 마찬가지이다. 생각해 보면 지난 세월 쓸데없는 것에 많이 집착했다. 무엇인가를 갖는다는 것은 한편으로는 소유를 당하는 것이며 그만큼 자유를 잃는다는 것임을 몰랐다. 어느 날 내가 머물던 자리를 떠났을 때 먼지 쌓인 잡동사니가 남아 있는 것이 아무리 생각해도 참 싫다.

어 서 와,

　　　　건 조 기 는

처 음 이 지?

수박화채 한 그릇이면 무더위를 견딜 만하던 시절이 있었
다. 유리그릇의 투명한 바닥이 보일 즈음엔 어느새 이마
에 맺혔던 땀이 마르고, 크기가 작아진 마지막 얼음을 오
도독 씹어 먹는 순간 때마침 바람이 불어오면 여름인데도
팔뚝에 소름이 돋았다. 그렇게 화채를 몇 번 더 해 먹으면
여름도 지나갔던 것 같다. 어디까지나 내 기억일 뿐이다.
엄마가 살아 계신다면 꼭 물어보고 싶다. 그때의 여름에

대해서. 어쩌면 엄마는 내 기억과는 다른 말을 하실지도 모르겠다. "니가 어려 몰라서 하는 말이지, 그때도 널어놓은 빨래가 마르지 않아서 얼마나 애를 먹었는데." 정말 그런 거라면 내가 변한 것일까. 아무튼 그 시절의 여름과 지금의 여름은 뭔가 다르다.

몇 년 전부터 나를 고민에 빠지게 하는 물건이 있다. 바로 건조기다. 정리하고 버리는 삶이 주는 기쁨을 알게 된 뒤로는 물건의 유혹에 쉽게 빠지지 않는 사람이 되었는데 (책, 찻잔, 문구류 제외), 건조기의 유혹 앞에서는 약해지고 만다. 빨래가 마르지 않는 것도 불편하지만 무엇보다 싫은 건 빨래가 마를 때까지 건조대를 펼쳐 놓는 것이다. 있는 힘껏 양팔을 벌리고 공간을 차지하는 빨래 건조대의 모양새가 꼴사납다. 그뿐인가? 축축 늘어진 채 걸려 있는 빨래에서 나는 쿰쿰한 냄새도 견디기가 어렵다. 이러다 보니 건조기에 자꾸 눈이 간다. "어서 와, 건조기는 처음이지? 여기는 먼지도 없고 뽀송뽀송함만 존재하는 곳이야." 지독하게 유혹적이다.

장마가 시작되고 여름이 끝나가는 8월까지 건조기에 관한 조사를 했다. 그까짓 건조기 사면 그만이지 쓸데없는 고민으로 에너지를 낭비하냐는 내 안의 목소리가 들렸지만, 쉽게 결정하지 못했다. 그 덩어리가 차지할 공간에 대한 고민 때문이었다. 작은 평수의 아파트는 건조기가 들어갈 자리를 마련하는 일도 쉽지 않다. 가장 안정적이고 보기 좋은 그림은 세탁기 위에 건조기를 올려놓는 건데, 그러려면 세탁기 위에 있는 선반을 없애야 하고 선반 위에 있는 정리함들도 어디론가 피난을 가야 한다. 일이 커지고 복잡해진다. 사실 가장 큰 문제는 지금 사용하는 세탁기가 건조기가 올라갈 수 있는 드럼 세탁기가 아니고 위쪽으로 열리는 통돌이라는 점이다. 가장 그럴듯한 그림으로 완성되려면 세탁기와 건조기를 동시에 사야 한다는 이야기가 된다. 예산 초과다. 그럼에도 여러 블로그를 다니며 후기를 찾아 읽어 본다. 대부분 자신이 사들인 물건에 대한 만족을 말할 뿐이었다. 사람은 누구나 큰돈을 쓰게 되면 자신이 엉뚱한 데 돈을 쓰지 않았다고 생각하기 마련이라 '마냥 좋다'는 후기가 미덥지 않다.

건조기는 내게 더 많은 시간과 쾌적함을 선물해 주겠다 말하지만, 이런저런 문제들을 모두 해결하고 막상 그 덩어리를 집에 들이고 난 뒤에는 할부금 지옥에 빠질 것이다. 이 물건을 사지 않으면 여유롭고 풍요로운 삶은 점점 멀어지게 된다는 광고에 이제는 속고 싶지 않다. 그들이 조성하는 조바심을 거부한다. 이제는 집도 나도 최신 유행에 맞추어 치장하지 않는다. 편리를 추구하기 위해 만들어진 상품에 의존하지 않고 내 삶에 필요한 최소한의 도구들이 무엇인가를 스스로 질문하면서 마음의 독립성을 키워 가고 싶다. 다가오는 여름에는 우선 가까운 빨래방의 건조기를 이용해 볼 생각이다. … 어쨌거나 당분간은 건조기의 유혹에서 완전히 벗어나긴 힘들 것 같다.

멋진 중년이

되는 일

언제부턴가 많이 늙은 친구를 만나는 게 재미있다. 미안하지만 그럴 때는 내가 가장 심하게 늙지 않았다는 사실에 안도감이 든다. '세상에, 이렇게 심하게 늙다니. 늙는건 자연스러운 이치니 어쩔 수 없지만 조금 천천히 늙어도 좋을 텐데 너무 안됐다.' 남의 말 할 형편은 아니지만적어도 얘보다는 내가 낫네 하며 안심한다. 가장 기쁜 경우는 학창 시절에 상당히 예쁘던 친구가 늙은 것이다. 알아볼 수 없을 정도로 살이 찐 경우도 많고(그게 나다), 지나 간 세월과 마음고생이 외모에서 그대로 보이는 경우도 많 다(이것도 나다). 사실 삶이라는 길을 걷다 보면 아름다움 도 젊음도 영원할 수 없다는 걸 깨닫게 되고, 젊음을 유지 하기 위해 건강식품을 챙겨 먹고 병원에서 돈을 쓰는 일 이 얼마나 부질없는지 저절로 알게 된다.

"이제 쉴 때도 되지 않았어?" "집에 돈 버는 남자가 없 으면 어쩌겠어. 죽으나 사나 나와야지." 놀랍지만 삼십 대 후배들이 나이든 선배들을 보면서 공공연하게 하는 말이 었다. 그 말에 화가 나지는 않았고 그저 세월의 무상함을 느꼈었다. 그 말을 듣고 '아, 이렇게 밀려나는 건가, 더 버 티는 건 민폐인가' 하는 생각을 하며 주위를 둘러보니 회 사에는 나이가 비슷한 입사 동기가 딱 한 명 남아 있었다. 사십 대 중반을 넘어가면서부터 후배들은 나에게 지나치 다 싶을 만큼 예의를 차렸다. 그럴 때마다 젊은 사람들의 배려를 느꼈지만 그들의 태도가 자연스럽지는 않았다.

젊은 직원들과 어울리는 자리에서 상대방이 긴장하고 있는 게 역력하면 역시 내가 후배들을 불편하게 하는구나 싶어 미안해졌다. 회식 자리에서도 내가 최연장자였다.

상석에 안내받고는 이런 상황이 참 번거롭다고 느꼈다. 밥을 먹고 1차에서 적당히 빠져나왔다. 나와 연배가 비슷한 사람 중에 젊은 직원들의 불편함을 눈치채지 못하고 끝까지 앉아 있는 사람이 한 명 있었다. 나이 때문에 다음 순서에 떠밀려 내려와야 한다는 사실을 인정하기 힘들다고 하소연하던 사람이다. 젊었을 때 누구보다 잘나갔던 그는, "왜 내가 밀려나야 해?"라며 자주 서운함을 표시했다. 주변 사람들이 떠받들어 준 사람일수록 서운함은 강해질 수 있다는 걸 그때 알았다. 세상 사람들은 그것을 '질투'라고 하는데, 중년 여성들만 그 마음을 질투라고 인정하지 않는다.

나도 한때는 질투가 젊은이들만의 감정인 줄 알았다. 한창 연애를 하는 젊은 사람만이 질투할 권리가 있다고 생각한 것이다. 그런데 나이가 들고 보니 그게 아니었다. 이 나이에도 질투의 여신이 된다. 그러고 보면 중년은 한창 질투하기 쉬운 나이인지 모른다. 남편이 다른 여자에게 한눈을 팔아서 질투하고, 재밌게 사는 친구 부부를 보면서 질투하고, 나에게 없는 팽팽한 피부를 가진 여자를 질투하고, 자기보다 호강하며 사는 친구나 지인, 혹은 인터넷에 올라온 누군가의 소식에 질투한다. 지금껏 그 흔들림을 겪는 건 힘든 일이지만 여전히 흔들린다는 것 자체가 젊음이 남아 있다는 증거일지도 모르겠다.

우리 사회는 젊음을 찬양하는 데 너무 바빠 늙음에 대해서는 최소한의 예우도 못 할 만큼 인색하다. 그래서 그런가. 사람들은 늙어 간다는 것을 적극적으로 거부한다. 의학의 기술을 빌려서라도 젊음의 시간을 늘리려고 한다. 늙음 자체가 사라져 버리기를 바라는 사람들처럼.

갑상선암으로 입원해 있던 병실에서 오래도록 잊을 수 없는 장면을 목격한 적이 있다. 건너편 침대에 생사를 오가는 할머니가 계셨다. 침대 난간에 걸려 있는 이름표에는 할머니의 나이가 68세로 적혀 있었다. 내가 병실에 들어온 이후로 한 번도 눈을 뜬 적이 없는 할머니였는데 어딘가 부자연스럽고 이상한 느낌이 들었다. 어쩌다 할머니의 가슴에 눈길이 머물고는 나는 몇 번이고 눈을 비볐다. 지나치게 크고 봉긋해서 소스라치게 놀랐다. 갑상선암은 시력에도 영향을 미친다더니 진짜 그런가 보다 했다. 할머니의 가슴은 컸고 모양은 살아 있었다. 유방 확대 수술의 흔적이었다. 슬픔인지 두려움인지 안타까움인지 뭔지 모를 감정이 밀려왔다. 세상이라는 무대에서 내려오기 전까지 오로지 주인공만 하고 싶은 사람을 보면 왜 그런지 병실에서 만난 할머니의 봉긋하고 탱탱한 가슴이 생각나 서글픈 마음이 든다.

간신히 유지해 온 젊음을 과시하며 앉아 있는 자리에서 물러나지 않으려는 사람들을 볼 때면 나는 먼저 일어나는 선배가 되고 싶다는 생각을 하게 된다. 중년쯤 되면 노화도 받아들여야 하고 인생의 본질을 발견하는 재능 정도는 터득해야 한다. 이제 우리는 세상이 돌아가는 이치를 어느 정도는 알고 있지 않은가. 적당히 게으름을 피워도 생각지도 않은 행운이 굴러 들어올 수 있고, 사람들이 입에 침이 마르게 나의 재능을 칭찬한다 하더라도 내가 잘나서가 아니라 남들보다 운이 좋아 일이 잘 풀린 경우라는 것을 깨닫는 나이가 된 것이다. 이 세상에 특별한 사람은 없고, 사는 건 다 거기서 거기라는 것도 아는 나이이다. 실패를 웃으면서 말할 수 있게 되고 미워했던 사람도 용서하게 된다. 그야말로 중년에게는 축복과 같은 깨달음이다. 그 깨달음이 더딘 사람이 있기는 하겠지만, 여전히 질투심에 사로잡혀 있거나 철없는 중년을 만나면 저 사람을 어쩌면 좋을까 싶다.

중년의 여성이 꽃만 보면 좋아서 어쩔 줄을 모르는 건 어쩌면 자기 안의 꽃이 사라지고 있기 때문이라는 말을 듣고 아, 정말 그런가 싶었다. 한번 웃음보가 터지면 좀처럼 멈추지 않아서 곤란했던 경험이 있다. 낙엽만 굴러가도 웃던, 얼굴이 새빨개질 때까지 웃음이 멈추지 않아 내 살을 꼬집어야 했던 시절의 일이다. 지금은 그렇게까지 웃을 일이 없다. 옛날에는 뭐가 그렇게 우스웠나 싶다.

나이가 들면서 매사에 번번이 놀라지 않게 된 것과 자극에 일일이 반응하지 않게 된 것이 가장 좋다. 젊을 때는 작은 일에도 덜컥 겁부터 내고 덜덜 떨었기 때문일 것이다. 감정이 무뎌지는 것에 대한 반작용인지 다른 한편에서는 예민해지거나 깊어진다. 눈시울이 자주 붉어진다는 말이다. 살아생전 엄마가 드라마를 보면서 그렇게 우시더니 지금 내가 딱 그런 모습이다. 영화를 보거나 책을 읽으며 쉽게 울컥하고, 슬픈 노래 가사에 툭 하고 눈물이 떨어진다. 남들이 보면 조금 부끄럽지만 그렇게 나이 드는 내가 싫지 않다.

요즘은 종종 생각한다. 험하고 거칠게 살아온 걸 훈장처럼 여기지 말자고. 미소와 감사에 인색하지 않으며 나를 어른으로 대우해 주는 젊은이들에게 항상 고맙다는 말을 하자고. 어쨌거나 세상과 영원히 헤어질 때 멋진 사람으로 마무리되는 것이 지금 내가 갖는 최대의 바람이다.

자신에게

몰두하는 삶

1

인생에서 호기심을 억누른 때는 20년 동안 하나의 일에 몰두했을 때뿐이다. 그럴 수 있었던 건 아마도 삶의 팍팍함이 다른 곳으로 돌아가려는 눈을 한곳에 붙잡아 두었기 때문일 것이다. 원래는 한 가지 일을 진득하게 하지 못하고 여기 기웃 저기 기웃 하는 편이다. 한 우물을 판다고 해서 반드시 깊게 파는 것은 아니라는 변명을 앞세우며. 나이가 들면서 그 왕성하던 호기심이 야금야금 사라지기 시작하더니 지금은 흔적만 남았다. 누군가 새로운 일을 시작한다고 하면 내 일처럼 신이 나서 끼어들어 없던 일도 만들어 주곤 했는데, 이젠 그 일에 나를 끌어들일까 봐 겁부터 나서 슬금슬금 도망가기 바쁘다. 얼마 남지 않은 호기심이 모처럼 발동하는 일이 생겨서 함께 알아보자는 약속까지 해 놓고는 현관에서 신발을 신는 중에 호기심이 소리도 없이 사라져 당황한 일도 있다. 그럴 때면 핑계 대기 가장 쉬운 건강 상태를 끌어대며 약속을 취소하는 무책임한 일도 저지른다.

내 인생은 재미는 없었지만 갖가지 사건 사고로 지루할 틈이 없었다. 여기저기서 빵빵 터지는 일을 수습하느라 몸이 두 개라도 모자랄 지경인데, 인생이 지루하다고 말하는 사람들은 팔자가 좋은 사람들이라고 생각했다. 마음대로 쓸 시간만 주어진다면 그동안의 한을 풀 듯 인생을 즐길 거라고, 그런 면에서는 누구보다 자신 있다고 자만했다. 그런데 막상 시간이 주어지니 예상과 달랐다. 나이가 들고 몸이 아파서일까, 하고 싶은 일도 배우고 싶은 것도 없었다. 도무지 의욕이 생기지 않았다. 여전히 세상의 한복판으로 뚫고 들어가 치열하게 사는 동료들도 많고,

백수가 더 바쁘다고 말하면서 아침에 눈을 뜨자마자 홀연히 사라지는 친구들도 많았지만 나는 도무지 그들의 에너지를 따라갈 수가 없었다. 하는 수 없이 멀찌감치 물러나서 남들의 즐거움을 조용히 구경만 했다. 그러면서 곰곰이 생각해 보니 나는 나의 세계를 잃어버린 것 같았다. 삶에 고군분투하느라 나를 위해 살아본 적이 없었다.

자신에게 몰두하는 삶을 살려면 어떻게 해야 할지 방법을 배우고 싶다. 그림을 그려 볼까. 운동은 어떨까. 집에 있는 시간을 좋아하니 요리도 좋겠다. 내가 추구하고 몰두하는 세계가 있다면 혼자라도 즐겁고 남편이나 딸아이를 괴롭히지 않을 수 있을 텐데. 서두르지 않고 천천히 찾아볼 생각이다. 과연 중년과 노후의 바람직한 삶의 방향은 무엇일까.

2

우연히 17세기 화가 얀 판 달런Jan van Dalen의 그림을 본 적이 있다. 올림포스 12신 중에서 술의 신 바쿠스Bacchus를 그린 것이었다. 그림 속의 신은 술의 신답게 얼큰하게 취해 있었다. 방금 따온 것 같은 풍성한 포도 넝쿨을 화관처럼 머리에 쓰고 백포도주로 보이는 술이 담긴 잔을 두 손으로 받쳐 든 채 넉넉한 미소를 짓는 모습을 보는 순간, 그 그림 속으로 들어가 그가 들고 있는 술잔을 빼앗아 단숨에 마셔 버리고 싶었다. 나는 술 취한 사람만이 가질 수 있는 만족감을 온 얼굴에 드러내고 있는 바쿠스를 보며, 저 얼굴이 바로 남부러울 것 없는 사람의 얼굴이 아닐까 생각했다. 어린아이 같은 천진한 미소와 발그레한 두 볼까지, 옆에 있었다면 그 볼을 꼬집어 주고 싶을 만큼 귀여운 모습이었다. 그림 속의 바쿠스는 술에 취했고 나는 멋진 그림에 취했다.

화가를 꿈꾸며 그림을 그리던 때가 있었다. 그림에 대해서라면 할 말이 많고 그림을 그리는 중에는 불안하지 않던 시절이었다. 집안 형편이 화가가 되고 싶은 나를 방해하게 될 줄 알았지만, 그림에서 쉽게 손을 놓지 못했다. 예술이라는 것이 자기도 모르는 사이에 흠뻑 빠져드는 것이라면, 그때 나는 누구보다 부지런한 예술가였다. 하지만 내 인생에서 그림은 거기까지였다.

4년 내내 늦은 밤까지 아르바이트를 전전하느라 정작 그림에 몰두할 시간이 부족했다. 부모님의 지원을 받으며 작업한 친구들의 작품을 볼 때면 그나마 대학이라는 곳에서 버티고 있다는 자부심과 끝까지 해낼 수 있을 거라는 자신감은 어디론가 사라졌다. 학비도 시간도 그때그때 땜빵 하는 방식으로 얼마나 버틸 수 있을지를 가늠하다가 좌절했다. 겨우 교재비를 해결하고 나면 재료비가 기다리고 있고 어렵사리 재료비를 해결하고 나면 학비가 또다시 돌아오는, 끝없는 돈과의 대결이었다. 졸업 전시를 준비하면서는 모든 기력이 빠져나갔다. 취업이고 나발이고 돈 걱정 같은 건 잊고 잠이나 실컷 자라고 이불을 펴 주는 남자가 나타나면 벌렁 눕고 싶을 지경이었다. 어쩌면 내 인생에 미술을 데려오는 건 실패할 거라는 걸 짐작하고 있었는지도 모르겠다. 지금 생각해도 그때는 미술에 대해 오기를 부렸던 것 같다.

얼마 전 근사한 책가도冊架圖를 만났다. 책을 좋아하는 사람이니 책이 그려진 그림이 눈에 들어오는 건 당연한 이치였다. 멋진 그림이라고 생각하며 감상했는데 자세히 보니 그림의 질감이 독특하면서 낯설었다. 유화의 거친 붓질도 없고 수채화의 부드러움도 아니었다. 작가에게 모바일로 그린 그림이라는 설명을 듣고 깜짝 놀랐다. 종이와 붓, 물감이 없어도 그렇게 멋진 그림을 그릴 수 있다는 사실에 정말 시대가 변하긴 변했구나 싶었다. 이젠 마음만 먹으면 누구나 글을 쓰고 그림을 그리는, 그야말로 무엇이든 할 수 있는 세상이 되었다. 예술과 일상의 거리가 가까워졌다는 건 나같이 평범한 사람들에게는 의미 있는 변화이다.

사실 홍미옥 작가님의 전시회를 찾아간 건 책가도의 정중앙에 내 책이 그려져 있기 때문이었다. 취미로 그림을 그리면서 변화된 인생 이야기를 담은 홍미옥 작가님의 책과 내 책은 비슷한 시기에 출간되었다. 서점의 신간 코너에 나란히 앉기도 했다. 직접 뵙고 내 책을 책가도 속에 담아 주신 것에 대한 감사의 표시를 하고 싶었다. 어색하게 인사를 나누고 전시에 대해 이런저런 이야기를 나누면서 작가님의 전공이 미술이 아니라는 것을 알게 되어 적잖이 놀랐다. 전공자가 아닌 사람이 나이가 들어 그림을 시작하고 전시회까지 열게 되었다는 건, 어설픈 전공자인 나로서는 부러움을 넘어서는 어떤 존경의 감정이 느껴지는 여정이었다. 생기가 가득한 얼굴에는 미술에 대한 열정이 담겨 있었다. 나는 작가님이 미술과 신나게 놀고 있는 어린 소녀처럼 보였다. 자신의 삶을 마음껏 즐기며 놀고 있는 사람을 만나면 같이 놀자고, 나도 좀 끼워 달라고 말하고 싶다.

자신에게 몰두하는 삶에 대해 조금은 힌트를 얻은 것 같다.

말 그대로 고흐가 빵을 주기를 하나, 세잔이 그림 속 사과 한 알을 던져주기를 하나, 아니면 모네가 수련 한 송이를 건네주기를 하는가 말이다.

그런데도 여전히 그들의 그림과 스토리에 푹 빠져 있는 사람들이 있다. 미술사를 공부하는 모임이 그것이다. … 모임의 면면은 40~50대 중년 주부들이다. 전공자도 아니고 그저 미술이 좋아서 만난 사람들인데 열정이 보통이 아니다.

__홍미옥, 『색깔을 모았더니 인생이 되었다』, p.137~138(북스케치, 2020)

우 정 이 라 는

사 랑

몇 년 사이에 친구 둘을 잃었다. 아이가 대학에 입학하면
여러 날 계획만 세우고 묵혀 두었던 유럽 여행을 함께 가
기로 했던 친구는 내 쪽에서 연락을 끊었고, 여자 형제가
없는 내게 자매 같았던 친구는 그쪽에서 나를 끊었다. 한
때는 가족보다도 더 의지한 친구들이었다.

　하루아침에 끊김을 당했을 때는 낯선 길을 가다가 엄마
손을 놓친 아이처럼 당황했고 두려웠다. 나중에 이유를

알고는 이해는 할 수 있었지만 받아들이고 싶지는 않았다. 나는 고통스러워서 잠들지 못했고 서러움에 며칠을 울었다. 낮에는 바쁜 일로 잊었다가도 밤만 되면 분노가 차올라 어쩔 줄을 몰랐다. 내 쪽에서 친구를 끊었을 때는 오랜 시간 망설였고 생각하고 또 생각했다. 끊지 않으면 내가 죽을 것 같아서 결국 결심했고, 그 과정에서 끊음을 당했을 때보다 더 오랫동안 아팠다.

아침, 저녁으로 안부를 묻고 일상을 공유하던 사람이 하루아침에 둘이나 사라졌다. 한동안은 버릇처럼 전화기를 들여다보곤 했다. 지금은 끊어진 관계지만 어쨌거나 둘은 나에게 대단한 존재였다. 내 삶의 역사를 아는 사람들은 모두 혀를 내두르는, 인생에서 가장 힘든 시기를 함께한 친구들이다. 둘 다 소중했지만 나를 끊고 간 친구는 보다 각별했다. 그녀가 필요하다면 간이라도 떼어 줄 수 있다고 생각했었다. 하지만 친구는 내 고통을 가까이서 바라볼 여력이 더는 없다면서 떠났다. 나는 그녀를 이해한다. 피를 토하는 심정으로 내 쪽에서 끊은 친구는 언제부터인가 나에게 적대감을 표시했다. 고통스러운 순간에는 끝까지 남아 나를 위로해 주던 친구였는데 내 인생에 조금씩 안정이 찾아온 뒤부터 친구는 자신의 역할을 잃은

듯했다. 뭔가 혼란스러운 모양이었다. 천형 같았던 가난에서 벗어나기 위해 내가 몸부림을 칠 때는 큰 목소리로 응원해 주던 사람이, 삶을 대하는 나의 태도가 긍정적으로 변하고부터 어딘가 달라졌다. 주어진 것에 감사하는 나를 어색해했다. 예전처럼 울지 않는 나에게 정말 괜찮은 건지 물었다. 나의 행복을 가장 낯설어하는 사람이 다름 아닌 그 친구였다. 그 친구와의 인연을 정리하면서 알게 됐다. 친구의 행복을 온전히 기뻐해 주는 사람이 얼마나 드문지.

나와 인연이 다한 두 친구 중 한 명은 내가 가장 고통스러운 시기에 자신의 의지로 나를 떠나갔고, 다른 한 명은 가장 볼품없었던 시기를 함께 버텨 주다가 내게 안정이 찾아오자 마음에서 나를 밀어냈다. 여하튼 결과적으로는 모두 떠난 것이다.

고난을 지켜봐 주지 못하는 우정이 진정한 우정일까. 고통은 나눠도 행복을 함께 누리지 못하는 우정은 무얼까. 외톨이가 된 것보다 나를 더 힘들게 한 것은 긴 세월 동안 우리가 주고받은 사랑과 우정이 허상이 되어 버렸다는 생각 때문이었다. 지금도 한 달에 한 번꼴로 친구들에 관한 꿈을 꾼다. 배경은 늘 다르다. 나란히 앉았던 교실일 때도 있고, 언젠가 함께 여행을 갔던 부산의 바닷가일 때도 있다. 그런 날은 잠에서 깨어 친구들을 잊지 못하는 내 미련함을 자책한다. 사실 원망할 대상은 어디에도 없다. 자신의 삶을 완벽히 통제하는 사람이 어디 있을까.

사랑이나 우정은 혼자 하는 게 아니다. 각자의 조건과 여러 가지 상황, 타이밍이 맞물려야 가능한 일이다. 우리는 조건과 상황이 맞아서 우정을 나눴고 각자가 최선을 다했다고 생각한다. 결과가 이렇다고 우리가 나눈 우정이 빵점은 아니라는 이야기다. 내 사랑과 우정의 진실은 내가 안다. 우리는 분명 서로를 아꼈다.

만에 하나 그들이 다시 돌아온다면 어떡할까. 어떤 기분일까. 그녀들의 부재로 인해 아프고 외로웠던 세월을 단숨에 뛰어넘어 다시 만날 수 있다는 것만으로도 고맙고 행복해질까. 어떠한 원망도 없이 그럴 수 있을까. 문득 30년 세월 동안 우정이라는 테두리 안에서 그들을 위한다고 했던 말들이 떠올랐다. 내가 모르는 사이에 그들에게는 상처가 되었을지도 모를 말들이었다. 나 역시 마찬가지였다. 우정이라는 가면을 쓴 말에 베이고 피 흘린 적이 얼마나 많았었는지. 서로 주고받은 상처는 언제나 대충 붕대만 감아 놓은 상태로 방치했다. 우리는 영원히 끊을 수 없는 관계라는 믿음 때문이었고, 사소한 문제가 확대되어 관계가 불편해지길 원하지 않았기 때문이었다.

마침내 위기가 찾아왔을 때, 우리는 어린아이 같았다. 끝이라고 생각했을 때는 슬픔에 사로잡혔고 서로를 원망했고 복수심에 타올라 극단적인 말까지 주고받았다. 우리의 관계에 미래 같은 건 존재하지 않는다는 것을 짐작하고 한 말과 행동이었다. "차라리 이럴 거면 헤어져!"라고 선언해 버리는 부부처럼, 우리는 우리의 우정을 끝내 버렸다. 상처가 난 이상 쉽게 아물지 않으리라는 것을 짐작했고, 그걸 깨닫는 순간 각자 다른 방향으로 도망가기 바빴다. 지금까지의 일은 모두 없던 일로 하자는 뻔뻔함도 없었고, 모든 것이 내 잘못이니 용서해 달라며 흘릴 눈물도 갖고 있지 않았다. 우정의 테두리 안으로 다시는 돌아갈 수 없는 현실을 깨닫고 어쩔 줄 몰랐을 뿐이다. 그때 누구 한 사람이라도 멈췄다면 어땠을까. 지금으로서는 어떤 답을 내놓아도 섣부르다는 생각이 든다.

우리의 긴 역사를 돌아보다 문득 깨달은 건, 우정과 사랑이 별개의 감정이 아니라는 사실이다. 우정도 남녀 간의 사랑처럼 처음에는 서로에게 불타오르고 절정을 향해 달려가다가 때로는 생각지도 못한 순간에 뚝 하고 끊길 수도 있지 않을까. 타오르던 불씨를 되살릴 수 있다면 좋겠지만 어디 사랑이 내 마음대로 되는 건가. 마음이라는 것이 한번 돌아서면 웬만해서는 예전으로 돌아가기가 어렵다. 하루아침에 어이없게 끝나는 사랑도 흔하다. 그저 손 놓은 채로 보기만 해야 하는 무기력은 삶에도 사랑에도 우정에도 찾아온다.

우리는 우리에게 할당된 우정의 시간이 다하여 각자의 길로 떠난 것이다. 우리의 우정과 사랑이 무한해야 한다고 생각하는 건 나의 어리숙한 욕망일 뿐이다. 나는 그녀들의 사랑과 우정을 함부로 판단할 자격이 없다. 세월이 흘러도 변치 않아야만 진짜 우정이라고 규정짓지 않기로 했다. 우리가 나누었던 진심과 즐거웠던 모든 순간, 부끄러움 없이 흘렸던 눈물, 각자의 삶에 아낌없이 보냈던 응원의 말, 주고받았던 모든 것이 추억이 되어 버린 지금, 한동안 우리에게 머물렀던 우정에 감사하는 것이 내가 그 친구들에게 할 수 있는 마지막 배려라고 생각한다. 오래전 지란지교를 꿈꾸던 신달자 시인의 말처럼 이제는 우정을 소중히 여기되 목숨을 거는 만용을 피하고 요란한 빛깔도 시끄러운 소리도 피하며 살고 싶다.

내 안에 사는

두 사람

1

스물아홉에 엄마가 된 나는 '엄마'라는 둥글고 따뜻한 세
계와는 어울리지 않는 사람이었다. 아직 할 일이 남아 있
는 채로 집으로부터 도망치듯이 결혼을 선택했다. 어디에
가든 주인공이 되고 싶었던 나는, 아이를 낳고는 더는 주
인공을 맡을 수 없다는 것을 깨달았고, 내가 주인공을 할
수 없다면 내 아이에게 그 자리를 물려주고 싶었다. 이 같

은 과한 열망이 아이를 괴롭히는 일이라는 것을 인식하지 못한 채 마음속으로 욕망을 무섭게 키워 갔다. 그리고 딸을 앞세워 무언가를 시도하고 있는 나 자신을 가장 애틋하게 여겼다.

결혼 생활을 시작하자마자 찾아온 고난은 한 번으로 끝나지 않았다. 이상하게 꼬여 버린 인생을 풀 재주도 의욕도 없었지만, 등에 업힌 아이는 우리에게 닥친 최악의 상황을 알고 있는 것처럼 내내 칭얼댔기 때문에 넋 놓고 있을 수 없었다. 무엇보다 병을 얻어 누워 있는 엄마를 생각하면 꺾인 생의 의지가 다시 불타오르곤 했다.

2

고등학교 3학년 때였다. 엄마가 속을 끓이다가 끝내 자리에 누웠다. 나는 수험생이 되면서 동시에 간병인이 되었다. 계속되는 아빠의 사업 실패로 가세는 기울 대로 기울었지만 새삼스러운 일은 아니었기에 엄마가 자리보전하고 눕게 된 이유가 당장 돈이 없어서는 아닐 것이다. 엄마를 평생 괴롭힌 건 집에 마음을 붙이지 못하고 밖으로만 돌던 아빠였다. 넉넉한 집의 막내딸로 태어나 가정적인 아버지의 사랑을 넘치게 받다가 무뚝뚝한 남자와 결혼을 한 뒤 엄마는 인생이 끝난 것 같았다고 했다. 남편이 아버지의 사랑을 이어 줄 거라고 믿었지만 아빠는 그런 엄마를 버거워했다. 아빠는 엄마에게, 엄마는 아빠에게 받고 싶은 것은 많은데 줄 것은 없는 사람들이었다.

어린 나이에 '가장'이라는 명찰을 달았다. 낮에는 돈을 벌고 밤에는 검정고시를 준비해야 하는 정도는 아니었지만, 이렇게 가다가는 조만간 학교를 그만두게 되는 건 아닌가 하는 불안감에 잠을 이룰 수가 없었다. "엄마는 지금 아무것도 못 하니까 네가 전부 알아서 해." 고3이 된 딸에게 건네는 말. 엄마는 늘 이런 식이었다. 엄마에 대한 연민이 깊어질수록 나에 대한 연민도 깊어 갔다. 옆으로 누워 있는 엄마의 등을 바라보면서 결심했다. 언젠가 내가 엄마가 된다면 다른 건 몰라도 아이에게 의지가 되는 강한 엄마가 되겠다고.

엄마는 62세에 세상을 떠났다. 지금의 내 나이보다 딱 열 살이 많은, 죽기에는 아까운 나이이다. 한평생 남편을 원망했고 마음속에는 원한을, 몸에는 병을 키우며 고통 속에 살다가 세상을 떠났다. 그런 엄마의 인생을 생각하면 가슴이 찢어질 듯 아프다.

엄마가 떠난 빈방은 당신의 삶만큼이나 어둡고 쓸쓸했다. 남긴 거라고는 오랫동안 간직해 온 나와 남동생의 빛바랜 사진들, 외출을 못 하는 엄마에게 내가 마지막으로 사 드린 가을 외투 한 벌, 10년 동안 자신의 배를 찔렀던 주사기 한 뭉치가 전부였다. 엄마가 떠났다는 사실보다 엄마가 남긴 것들이 단출해서 나는 그 물건들을 끌어안고 절규했다.

평생 자유인이었던 아빠도 엄마가 떠나고 3년 후에 같은 병으로 돌아가셨다. 아빠의 마지막은 예상했던 것보다 훨씬 더 비참했다. 밖으로만 돌다가 당신이 있을 자리를 영영 찾지 못했다. 자식들의 보살핌이 필요한 시기가 왔고 여러 번 집으로 들어오시기를 권했지만 선뜻 들어오지 못하셨다. 아빠는 마지막 순간을 직감하면서도 가족들에게 연락을 하지 않으셨다. 나는 자식들에게 임종마저도 허락하지 않은 아빠를 절대 용서할 수 없다고 생각했다. 하지만 눈 감은 아빠의 모습에 무너지는 나는 어쩔 수 없는 아빠 딸이었다.

나에게 집은 버릴 수도 머물 수도 없는, 눈을 감아 버리고 싶은 존재였다. 함께 있어서 고통이었고, 그래서 가능한 멀리 도망쳤다. 하지만 도망쳤다는 건 나의 생각일 뿐, 언제나 '부모'라는 이름의 올가미를 뒤집어쓴 채 부모의 생계와 병원비를 책임져야 했다. 덕분에 나에게는 부모의 감시가 없었다. 모든 결정권은 나에게 있었고 무슨 일을 저질러도 뭐라 할 사람이 없었다. 당시 그런 나를 부러워하는 친구들도 있었지만, 중요한 선택의 갈림길에 서 있을 때 방향을 물어볼 사람이 없다는 건 막막하고 두려운 일이었다.

부모를 통해 얻은 깨달음이 많다. 그중에서도 부모가 지옥이 될 수도 있다는 건 내 경험에서 나온 의미 있는 성찰이다. 누구보다 강해지고 싶었고 실제로 강해졌다고 믿었다. 부모로 인해 단련될 만큼 단련되어서 잘 버티는 사람이라고 생각했다. 아빠의 부재와 엄마의 방황을 지켜보면서도 흔들리지 않았다. 아빠의 부재가 단순히 부재가 아니라 실종이 아닐까 의심하기 시작했을 때쯤 상상도 해본 적 없는 엉뚱한 곳에 아빠가 갇혀 있었다는 것을 알게 되었다. 나는 그때도 눈물 한 방울 흘리지 않고 엄마를 위로했다. 단단하고 독한 내가 자랑스러웠고 이 집에서 그런 일을 맡아 할 사람은 나밖에 없다고 생각하며 기꺼이 그 역할을 맡았다. 엄마를 대신해 남자 어른들과 당당히 싸울 수 있고 할 말은 끝까지 하고야 마는 나의 똑 부러짐이 좋았다. 그렇게 나는 슬픔과 눈물을 싫어하는 사람이 되었다. 내가 우는 것도, 사랑하는 사람이 우는 것도 용납할 수 없는 독하고 모진 사람. 그런 사람인 채로 엄마가 되었다. 아이가 태어난 뒤 내가 경험한 것과 전혀 다른 형태의 지옥을 만들 수 있었던 건 다 이런 이유에서일 것이다.

3

뿌리가 땅속에 깊이 박혀 웬만한 흔들림에는 끄떡없고, 가지는 하늘로 쭉쭉 뻗어 뜨거운 태양을 다 가릴 만큼 큰 그늘을 만들고, 두 팔로 안을 수 없을 만큼 커다란 기둥을 가진 나무. 그 아래서 언제라도 편히 쉴 수 있는 품이 크고 다정한 나무 같은 엄마가 되어 주고 싶었다. 이왕이면 열매도 주렁주렁 열려 있어서 아이가 언제든 따 먹을 수 있는 나무가 되고 싶었다. 그러려면 돈이 많아야 했고, 돈이 많으려면 내 부모처럼 쓰러지면 안 되는 일이었다.

　엄마가 된다는 건 한 생명을 낳는 것 이상의 의미였다. 자식은 내 육체에 각인된 존재였고, 아이를 먹이고 업고 재우는 과정의 모든 책임은 나에게 있었다. 자식을 낳아 기르면 부모의 마음을 이해하게 된다는데, 오히려 나는 아이를 키우며 엄마를 더 이해할 수 없게 되었다. 자식의 마음을 헤아리기보다 자신의 아픔에 더 괴로워하던 엄마는 대체 어떤 엄마였을까. 엄마의 삶이 잔인했듯 내 삶도 못지않게 잔인하지만, 나는 엄마처럼 자식을 나 몰라라 하지 않을 거라고 다짐했다. 그리고 세상 그 누구와도 비교할 수 없을 만큼 절박하고 애달프게 아이를 사랑했다. 부모에게 사랑을 배우지 못한 나는 아이가 원하는 것은 뭐든지 해 주기 위해 눈에 불을 켜고 살았다. 아이를 위한다는 이름으로 아이에게 상처 주는 말을 아무렇지도 않게 했고, 아이가 잠시라도 다른 데 한눈을 팔지 못하게 다그쳤다. 아이에게 사랑을 구걸했고 아이가 나의 희망을 무시하고 돌변할까 봐 노심초사했다. 엄마가 아빠에게 부담스러운 존재였던 것처럼, 엄마가 내게 부담스러웠던 것처럼 어느 날부터 나도 아이에게 부담스럽고 두려운 존재가 되었다. 굳건하다고 믿었던 나와 아이의 행복은 그렇게 무너져 내렸다.

지나가는 사람들을 곁눈질하고 언제나 겁먹은 눈으로 주위를 둘러보며 남이 하는 말에 촉각을 세웠다. '혹시 내

얘기를 하는 건 아니겠지? 가난하다고 흉보는 건 아니겠지?' 사람들의 눈치를 보게 된 건 모두 가난 때문이라고 생각했다. 가난이 아이에게 전염될까 봐 겁이 났고, 그런 내 마음을 숨긴 채 태연하게 굴었지만 결국 들통나고 말았다. 내가 엄마의 보호자가 되려고 안간힘을 썼던 것처럼 아이는 예민한 나를 위해 명랑한 척 즐거운 척 씩씩한 척하는 아이로 자랐다. 삶에 고군분투하고 악다구니를 하는 엄마를 기쁘게 해 주기 위해 자신을 희생했다. 딸은 나의 미래이자 희망이었지만 아이는 자신의 미래를 꿈꿀 수 없는 암울한 날을 보내는 중이었다.

아이는 아무도 모르게 마음의 병을 키웠다. 나와는 다른 삶을 살게 해 줘야 한다는 생각에 빠져 딸의 마음을 어루만져야 할 때를 전부 놓치고 그저 공부만을 강요했다. 그럴듯한 대학에만 들어가면 엄마의 고생에 보상이 된다는 말도 했다. 딸은 엄마를 기쁘게 하기 위해 엄마가 원하는 대학에 입학했고 얼마 후에 우울증을 진단받았다. 다시 어두운 터널 앞이었다.

잘했든 못했든 아이를 키우는 데 20년을 쏟았다. 아무것도 모르고 자식을 낳아 길렀으니 가능한 일이었다. 후회는 없지만 솔직히 다시 반복하고 싶지는 않다. 어쨌거나 딸아이와 나는 혹독한 시간을 보냈고 마침내 고통의 테두리가 점점 흐려지고 있다. 지금은 악다구니도 없고 조급함과 불안도 희미하게만 존재한다. 그런데 이 평화로운 지점에서 여전히 아이의 눈치를 본다. 삶의 기본값이 행복이 아님을 알면서도 늘 궁금해한다. 아이는 이 순간 행복할까? 저 웃음이 진짜인가? 처음부터도 그랬지만 아이에게 해 줄 것이 없다. 내가 나인 것을 인정하고 나를 사랑하며 살아가는 것밖에는 할 일이 없다. 그리고 기다리는 것이다. 상처가 아물 때까지, 슬픔이 잠잠해질 때까지.

나이가 들수록 내가 엄마의 딸이라는 것을 느낀다. 내 안에는 엄마와 딸이 산다.

나는 네 편,
너는 내 편

고집이 세고 무뚝뚝하다. 남들에게 차갑다는 말을 들어도 반박할 말이 없다. 하지만 차가운 사람이라는 말은 반은 맞고 반은 틀리다. 누군가가 가까이 오면 슬금슬금 도망갈 기회만 살피는 소심증 환자지만 친해지고 나면 상대에게 최선을 다한다. 사람들과 쉽게 친해지기 어려운 성격인데 인연이 닿으면 배려가 지나치다는 말을 들을 정도다. 남에게도 그러한데, 하물며 피붙이에 대한 마음은 오죽하겠나.

내가 중학생 때, 우리 집에는 매일 옆집 새댁(경상도 새댁)이 놀러 왔다. 직업 군인과 결혼을 하고 이제 막 첫딸을 낳은 앳된 여자였다. 당시 동네에 또래의 말동무가 없었던 모양인지, 엄마를 언니처럼 꽤 따랐다. 그녀를 가만히 보면 타향살이를 하는 사람 특유의 외로움 같은 게 느껴졌다. 나를 만나면 무슨 말이라도 걸고 싶어서 입이 움찔움찔하는 게 보였다. 그럴 때면 나는 가벼운 인사만 하고는 재빨리 방으로 들어왔다. 새댁이 싫다기보다는 낯가림이었고 살갑지 못한 성격 탓이었다. 새댁은 저녁밥을 할 시간이 되어야만 무거운 엉덩이를 들고 일어섰고, 새댁이 집으로 가고 나면 엄마는 항상 걱정스러운 얼굴로 말씀하셨다. 사람들에게 왜 그렇게 쌀쌀맞게 대하느냐고. 그러면 못쓴다고. 그럴 때마다 억울한 기분이 되어 "오히려 새댁을 배려하느라 불편함을 무릅쓰고 조용히 방에만 있었는데 내가 뭘?" 하고 대답했다.

살갑지 않은 나를 볼 때마다 엄마는 내게 "저, 저, 저, 생파리 같은 년!"이라고 했다. 딱히 듣기 싫은 욕은 아니었지만, 그래도 귀여운(?) 딸을 파리에 비유하는 건 조금 심하다고 생각했었다. 한참이 지난 후에 사전에서 '생파리'

의 정의를 보고 놀랐다.

생파리: 남이 조금도 가까이할 수 없을 정도로 성격이 쌀쌀하고 까다로운 사람을 비유적으로 이르는 말

생파리 같은 계집애가 다섯 살 되던 해에 남동생이 태어났다. 엄마의 말에 의하면 나는 동생이 태어나길 눈이 빠지게 기다리던 아이였다. 툭하면 불룩해진 엄마의 배를 쓰다듬으며 동생이 나오면 기저귀 심부름도 하고 동생을 지켜 줄 거라고 큰소리를 쳤단다. 그리고 실제로 동생이 태어나자 불면 날아갈세라 애지중지했고, 그 모습이 엄마가 보기에 무척 기특했다고. 부모가 없어도 걱정이 없을 만큼 남매의 우애가 좋다며 주변의 칭찬이 자자했다나(그렇다고 남매만 남기고 일찍 눈감으실 것까지야).

내가 12살 되던 때였다. 8살이 되어 학교에 입학한 동생이 학교에서부터 계속 똥을 참다가 집 마당에 들어서자마자 바지에 싸 버린 일이 있었다. 아랫도리를 깨끗하게 씻기고 똥 묻은 바지를 빨아 널고 저녁밥을 챙겨 먹었다. 그때 나는 내가 대단한 일을 한다고 생각하지 않았다. 그런데 밖에서 돌아온 엄마는 대견해서 죽겠다는 얼굴로 칭

찬을 하셨었다. 내가 한 일이 이렇게까지 칭찬을 받을 일인가 싶어 어리둥절했었다. 엄마의 표현에 의하면 그날 나의 똥 처리는 어른보다도 야무지고 깨끗했다고 한다. '야무지고 깨끗하게'라는 표현은 엄마가 그 일을 회상할 때마다 침을 튀기며 덧붙이는 말이다. 나는 동생이 엄마에게 매라도 맞게 될까 봐 빨리 치워야 한다는 생각뿐이었다.

나이가 들면서 동생을 향하는 마음이 더 깊고 애틋해졌다. 부모님이 돌아가신 뒤 피붙이라고는 동생뿐이라는 인식이 강해졌을 것이다. 어려운 가정환경 탓에 끝내 꿈을 접어야 했던 동생을 가까이에서 지켜보았으니, 누나로서 측은히 여기는 마음도 컸다.

며칠 전 똥싸개가 집에 놀러왔다. 이제 눈가에 주름도 제법 깊어졌고 나이를 속일 수 없을 만큼 배도 나왔다. 동생이 현관에 들어서는 순간 아빠로 착각하고는 소스라치게 놀랐다. 나이가 들수록 점점 아빠를 빼다 박는다. 동생은 소파에 앉아 커피를 홀짝이다가 건너편에 앉아 있는 나를 한참이나 뚫어져라 바라보더니 "누나, 갈수록 엄마 같아져!" 한다. 아빠를 닮은 얼굴이 엄마를 닮은 얼굴을 바라보며 웃는다. 그리고 늘 그렇듯 닮은꼴 찾기 놀이를 시작한다. 주로 우리의 까칠함, 약간은 비틀어진 자존심, 가족력, 유난히 잠이 없는 것, 계산에 서투른 것, 예민함, 대화 도중에 엉뚱한 생각에 빠져들어 상대의 말을 놓치는 것, 한번 고집이 시작되면 아무도 못 말리는 것, 그런데 또 의외로 마음이 약해 어느 순간 꼬리를 내리는 것 등. 서로 자랑하듯이 말하고는 서로가 닮았다는 것을 확인하고 안심한다. 이 단순한 놀이에서 우리는 세상과 사람들에게 받은 상처를 치유하고 나는 네 편, 너는 내 편이라는 것을 확인하며 남매의 우애를 다진다.

집으로 돌아가는 동생의 어깨와 등에 눈길이 머물다가 고인 눈물이 후두둑 떨어진다. 삼십 분이면 닿는 곳에 살고 있는데도 헤어짐이 서글프다. 그 옛날의 똥싸개가 가정을 꾸리고 자식을 낳고 살아가는 모습을 보면 그렇게 대견할 수가 없다. 나이가 오십이 되고 환갑을 지나도 계속해서 대견할 것이다. 아빠의 얼굴을 한 내 동생이 없었다면 누가 나의 아픔과 외로움을 달래 주었겠나. 동생이 없는 삶은 상상하기도 싫다. 그나저나 내 딸에게 동생을 만들어 주지 못했으니 혼자 남겨졌을 때의 절절한 외로움을 어쩌나 싶다.

염려하는 건

죽음이 아니라

삶이다

1

갑상선 기능 항진증 15년, 갑상선 암 5년. 그렇게 20년의
투병이 끝나고 이제 겨우 한숨을 돌렸는데 얼마 전 건강
검진에서 당뇨 직전 단계이고 고지혈증이 시작되었다는
진단을 받았다. 철저하게 가족력에 의한 것이어서 운동과
식이요법으로는 치료에 한계가 있는 케이스라는 말까지
들었다. 간당간당한 차이로 당뇨 약은 복용하지 않게 됐

지만, 고지혈증 약만은 미룰 수가 없다는 게 의사의 판단이었다. 약 복용을 미룰 수만 있다면 무슨 일이든 해 보겠다는 의지를 밝혔으나 아무리 용을 써도 결국 약은 먹어야 하고 고지혈증 약은 인체에 해가 없으니 마음 편하게 영양제라고 생각하라는 냉정하지만 명쾌한 답을 들었다.

오십이 넘으면서는 하드웨어도 삐걱거리기 시작했다. 약간의 오십견 증세와 종자골염까지, 덕분에 아침마다 챙겨 먹는 약이 한 주먹이다. 한 번이라도 약을 빼먹으면 "아이고 어쩌나, 깜빡하고 약을 안 먹었네" 하며 중얼거린다. 외출 시 여분으로 챙긴 약이 없을 때는 일이 끝나자마자 부리나케 집으로 돌아와 옷을 갈아입기 전에 입에 약부터 털어 넣는다. 통증을 못 견뎌서 손을 부들부들 떨며 진통제를 챙겨 먹는 환자처럼 그렇게 안달한다. 육체의 고통이 두렵다. 죽음에 가까이 가 본 경험이 나를 이렇게 만들었다.

2

큰 병에 걸리면 왜 나에게 이런 일이 일어난 건지 묻고 억울해하는 것이 흔한 반응이라지만, 나는 정반대였다. 악성 종양이라는 검사 결과를 들었을 때 나는 '드디어 올 것이 왔구나', '내가 이럴 줄 알았지' 생각했다. 내가 살아온 생을 생각하면 암 환자가 되지 않는 게 더 이상한 일이었으니까. 암 환자가 되고도 남을 만한 삶이 도대체 어떤 삶인지를 자세히 쓰는 일은 어렵지 않지만 시작하지 않을 생각이다. 그건 어렵사리 나아진 건강이 다시 악화될 수도 있을 만큼 구질구질한 일이다.

최근에 허지웅 작가가 혈액암과의 전쟁을 마치고 쓴 『살고 싶다는 농담』을 읽었다. 작가는 항암 치료를 하며 겪은 고통을 특유의 시니컬한 말투로 써 내려갔는데, 그런 그의 글을 읽으면서 내가 겪은 고통에 관해 쓰고자 하는 의지가 조금 꺾여 버렸다. 천장이 내려와 몸을 짓누르고 끝내 쓰러져 뒹굴면서 차가운 바닥에 뺨이 닿았던 고통의 순간에 대해 소란스럽게 주절거리고 싶지 않다고 책에 쓰여 있었다. 그렇게 시작한 그의 책은 이번에도 서점에 앉은 지 하루 만에 베스트셀러가 됐다. 그는 말했다. 감히 누군가의 고통에 대해 안다고도 말할 수 없고 이해한다고도 말할 수 없다고. 그럼에도 그날 밤의 고통에 대해 말하는 이유는 이 순간에도 여전히 고통 속에 있는 많은 사람들이 살기를 결심했으면 하는 마음에서라고. 그의 말 대로 고통은 개별적이므로 나는 나의 고통을 말하려 한 다. 밖으로 꺼내 놓으면 누군가는 위안을 받는다는 것을 알기 때문에.

3

내 삶에 지뢰가 숨어 있다는 걸 알고 있었지만 피할 방법 이 없었다. 어차피 50%의 확률이었고 지뢰를 밟는다면 운명으로 받아들이기로 오래전부터 마음을 먹었다. 그러 나 최악을 예상했다고 해서 현실적인 문제에서 자유로운 것은 아니다. 나의 마지막을 책임질 사람은 나였으니까 보험을 들어야 했다. 그런데 그러지 못했다. 준비성이 부 족해서라고 하면 조금 억울하다. 보험회사의 문을 여러 번 두드렸지만, 암세포가 발견된 신체 기관은 이미 오래 전부터 고장 나 있었기 때문에 보험회사에서 받아 주지 않았다.

막상 지뢰를 밟고 나니까 어정쩡한 상태로 서 있는 내 가 조금 우습기도 했다. 15년 동안 마음의 준비를 단단히

하고 살았다고 생각했는데, 상상과 현실은 완전히 달랐다. 그즈음의 나는 미래를 꿈꾸는 것이 꿈꾸지 않는 것보다 더 힘든 일이라는 것을 절실히 깨닫고 있었기 때문에 미래를 꿈꾸지 못하게 된 것이 안타깝거나 슬프지는 않았다. 죽음은 가까워졌고 이제는 살 방법이 있는지 알아봐야 했다. 아직 딸아이가 어렸다. 딸의 얼굴이 떠오를 때마다 눈물이 흘렀다. 딸아이 혼자 남게 되면 어쩌지. 딸아이 생각으로 울던 그 밤, 그토록 버리고 싶던 삶의 소중함을 새삼스럽게 깨닫고 있었다. 나는 조용히 혼자 말했다. 어쨌든 당분간은 살아야 한다고. 마음이 급해졌다. 경제적으로 버티려면 얼마의 돈이 필요할지 계산하기 시작했다. 병원 시스템은 왜 수술비와 병원비가 얼마나 들어가게 될지 감을 잡을 수 없게 되어 있을까. 확실하지 않은 병원비와 수술비처럼 내 미래도 불투명했다. 선명한 건 단 하나도 없었다.

힘든 순간에 필요한 것은 부정이 아니라 인정이라는 말처럼 본격적으로 아프기 시작하자 누군가에게 육신의 고통을 말하고 위로받고 싶었다. "나 아파" 하고 말하면 "그래, 너 아프지" 하고 등을 가만히 쓸어 줄 누군가가 필요했다. 나의 고통과 두려움을 알아주는 사람을 만나고 싶었다. 하지만 끝내 만나지 못했다. 내가 암 환자라는 것을 알고 누군가는 말없이 떠났고 다른 누군가는 고통을 바라보는 것을 고통스러워했다. 어떤 이들은 내게 암의 원인이 까칠한 성격 때문이라고 했다. "그러니까 마음을 편안하게 하고 살았어야지." 위로로 하는 말이었지만 내게는 비난으로 들렸다. 말은 송곳이 되어 나를 찔렀고 눈물을 삼키며 아픔을 참아 냈다. 그렇게 아무에게 말하지도 위로받지도 못한 시간이 쌓여 갔다. 암세포와 나, 결국 둘만 남았다.

세상사는 너무나 혼잡하고 인간에게는 항상 무슨 일이 일어난다. 삶에서 만나는 복잡한 일의 70%는 불행한 일일 것이다. 사람들은 느닷없이 닥친 일 때문에 죽고 싶거나 혹은 진짜로 죽는다. 어떤 사람은 나처럼 구사일생으로 살아남고 아프기 전과는 전혀 다른 삶을 이어 간다. 이 모든 일은 대부분 예고 없이 찾아온다.

질병을 겪는 동안 모든 것은 멈췄고 다시 돌아왔을 때는 직업도 없고 더는 불러 주는 곳도 없는, 통장은 텅텅 비었고 살길이 막막한, 나이보다 훨씬 늙어 보이는 여자가 되어 있었다. 치료를 받는 동안에는 하루가 끔찍하게 길었는데 치료가 끝나고 나니 그사이 몇 번의 계절이 바뀌었고 주변의 모든 것이 전과는 달라져 있었다. 심지어 나마저도 다른 사람이 되어 있었다.

　고통이 사그라들자 또 다른 공포가 찾아왔다. 앞으로 어떻게 살아가야 할지 처음부터 다시 생각해 봐야 한다는 사실이 무서웠다. 인간은 아프거나 두려울 때 신과 만나길 고대한다. 그래서 병원에는 성당이나 교회가 있는 것이다. 치료받던 병원의 정원에는 성모마리아상이 있었는데 그 앞을 지나가면 화를 참을 수가 없었다. 내게 이런 고통을 준 신이 누군지 모르지만 양심이라는 게 있으면 나한테 이럴 수는 없다고, 이렇게 극단으로 몰아붙이는 이유를 말해 달라고 울며 매달렸다. 신들은 원래 속 시원한 대답 같은 건 안 하는 족속들이다. 눈물 콧물 흘리며 참회의 기도를 한 사람들은 응답을 받는다고 말하는데, 그런 말을 들으면 신앙이라는 것이 무척 이기적이구나 하는 생각을 한다. 그런 와중에 나는 놀라운 사실을 발견했다. 죽고 싶다고 매일 노래를 불렀지만 단 한 번도 진짜로 죽고 싶은 적이 없었다는 것과 고통과 두려움 속에서도 나는 꽤 용감한 여자라는 사실이었다.

4

깊은 밤 입원실을 빠져나와 복도 의자에 앉으면 목구멍까지 외로움이 차오른다. 글은 항상 거기서부터 시작되었다. 쓰다 보면 어느새 고통으로부터 멀어지고 감성은 바늘처럼 예민해졌다. 사람들이 투병 중에 글을 쓰고 병마와 싸운 뒤 책을 쓰는 이유겠지. 아무것도 못 할 것처럼 보이지만 아프지 않은 사람들보다 열망에 들떠 있다. 숟가락조차 들 힘이 없다가도 볼펜을 쥐었을 때만큼은 생의 의지가 솟는다. 그렇게 쓰인 글은 무엇보다 진실하다.

메모라도 하지 않으면 혼자 누워 있는 시간을 견딜 수가 없었다. 글을 써야만 나를 덮친 불행을 똑바로 바라볼 수 있었다. '나는 아프다', '나는 암 환자다', '지금 이 순간 외롭다'. 어디에도 써먹을 수 없는 문장을 휘갈겨 썼다가 마지막에는 항상 반성도 희망도 아닌 말을 썼다. '만에 하나 완치된다면 나는 더 이상 예전처럼 뛰지 않을 것이다.' 병실의 환자들이 육신의 고통 때문에 뒤척이는 소리를 들었던 밤에도 두려움에 떨면서 글을 썼다. 쓰는 순간 몸 안의 고통이 몸 밖으로 서서히 빠져나가는 것을 느끼면서. 안압이 높아져 터진 실핏줄이 흰자를 뒤덮던 날에도, 수술 후 목이 타들어 가는 듯한 통증에도, 링거 줄을 칭칭 감고도 글을 썼다. 어떤 날은 아이에게 미처 말하지 못한 사랑을 말했고, 어떤 날은 병원에 오지 않은 남편에게 원망의 말을 쏟아냈다.

글쓰기는 혼자 해서 좋은 것이었지만 혼자 했기 때문에 위험했다. 그렇게 쓴 글에는 눈 내린 들판에 찍힌 짐승의 발자국처럼 고통이 선명하게 박혀 있었다. 다시 읽어 보면 모든 것이 지나치게 생생하다. 보고 듣고 만지고 냄새 맡은 것들, 몸에 입력된 것들을 썼기 때문이다. 소독약 냄새, 냉정하게 들리던 의사의 목소리, 억지로 침을 삼키는 소리, 누군가의 울음소리… 그 모든 것은 비밀이 되어 내 안에 쌓였다가 문장으로 만들어졌다. 지금 내가 쓴 글을 누군가가 읽을 때쯤이면 나는 이 세상에 존재하지 않을지도 모른다는 절박함도 있었다. 고통을 경험하는 몸은 글쓰기에 최적화된 상태였다.

그러나 죽음에 관한 관심은 본능적이다. 나도 한 번쯤 가까운 사람들과 죽음에 관한 이야기를 나눠보고 싶다. '언제 어떻게 죽게 될지' '어떤 장례절차를 따르고 싶은지 등' 이런 이야기를 꺼내면 내가 암에 걸린 것을 아는 사람은 과도하게 슬퍼할 것이고, 모르는 사람은 재수 없는 얘기를 한다며 화를 낼지도 모르겠다. 그렇지만 누구도 영원히 살 수는 없다.

―에피, 『낙타의 관절은 두 번 꺾인다』, p.183(행복우물, 2020)

고난이 위대하다고 말하는 사람들이나 이겨 낼 수 없는 고난은 없다고 말하는 사람들은 고난의 바깥에 있는 사람들이다. 인간은 원래 자신이 겪지 않은 불행과 고통은 영원히 모른다. 하지만 삶이 한 번 무너졌다가 다시 일어난 사람들에 대해서는 궁금해한다. 드라마에서는 통증 속에 있다는 것이 어떤 느낌인지, 자신의 고난을 어떻게 받아들이는지, 그리고 죽을 수도 있다는 사실을 어떻게 생각하는지 자세히 말하는 환자가 등장하기도 하지만 그건 어디까지나 드라마다. 아픈 사람들은 누구보다 할 말이 많지만 어떤 방법으로 고통을 참아 왔는지 자세히 말하는 경우가 드물다. 하지만 아픈 사람들은 가능하면 많이 말해야 한다. 고통을 말한다는 것은 단순히 상황에 대한 설명이 아니라 아픈 사람들을 위한 헌신일 수도 있다.

아파 본 사람은 고통이 있던 곳으로 돌아가서 병에 관해 써야 한다. 위험하긴 했지만 어쨌든 질병은 또 다른 기회이기 때문이다. 그 기회를 붙잡으려면 질병과 함께 조금 더 머물러야 하며 질병을 지나오면서 배운 것을 다른 사람들과 나눠야 한다. 삶과 죽음의 경계까지 가야 한다면, 거기에서 살아온 삶과 살아갈 삶을 조망하고 삶의 가치를 새로운 방식으로 생각해 보는 것이다. 여전히 살아 있긴 하지만 일상에서는 멀어져 있기에 멈춰 서서 생각해 볼 수 있는 시간이 주어졌음을 감사하면서. 그저 살아왔던 대로 계속 사는 대신 살고 싶은 삶을 선택할 수 있게 된 것도 감사하면서. 염려하는 건 죽음이 아니라 삶이다.

계 속
걷 습 니 다

이 책을 쓰기 시작할 때만 해도 이번만큼은 나만의 고유한 분위기를 담는다는 목표가 있었습니다. 솔직히 어느 정도 자신감도 있었습니다. 때로는 엉뚱하고 어떨 때는 짠내가 나고 어이없는 실수에 웃음이 터지기도 하는 소소한 일상을 재료로 삼아 이야기를 밀고 나가면 큰 어려움이 없을 거라고 예상했습니다. 이건 나만이 할 수 있는 내 이야기니까요. 솔직해질 용기만 있으면 어렵지 않을 거라 생각했습니다. 그런데 가당치 않은 착각이라는 것을 너무나 빨리 알아차렸습니다. 초보 글쟁이는 내 안의 풍부한 글 재료와는 별개로 외부적인 것에 휘둘리곤 했습니다. 그러다 보니 쓰는 시간보다 좋은 평가를 받고 싶다는 생각에 빠진 시간이 더 많았습니다. 시도 때도 없이 찾아오는 두려움을 떨치기가, 끓어오르는 욕심을 내려놓기가 쉽지 않았습니다.

글을 어느 정도 쓴 다음 순서대로 펼쳐 보고는 놀랐습니다. 아마도 그 순간 내 얼굴은 배가 몹시 고픈 상태로 장을 보러 가서 쇼핑카트에 보이는 대로 다 쓸어 담은 뒤 계산대에서 산더미처럼 쌓인 식재료를 보고 아연실색하는 사람의 얼굴과 비슷했을 겁니다. 내가 나에 대해 할 말이 이렇게나 많았었나? 게다가 그 글들은 대부분 먼 과거에 머물러 있거나 되돌아와도 엉뚱한 곳에 도착해서 안 그래도 불안한 나를 더욱 불안으로 몰아넣었습니다.

그때부터 이 길이 내가 가야 할 길이 아닐지도 모른다는 의심이 들었습니다. 글 쓰는 재주가 없다는 생각이 들어서 자는 시간을 뺀 나머지 시간은 계속 좌절하며 지내기도 했습니다. '그러면 할 수 없다. 이 책을 마지막으로 책 쓰기는 그만두자'고 생각하니 글을 쓰며 좌절할 때보다 마음이 더 힘듭니다. 그런 걸 보면 나는 앞으로도 엄살을 기본 옵션으로 장착하고 버릇처럼 꾸역꾸역 뭐라도 쓰게 될 것 같습니다.

이번 작업을 끝내면서 더는 작가의 재능에 대해 생각하지 않게 되었습니다. 꾸준함이 없는 재능이 쉽게 무너진다는 것을 알았으니까요. 가치판단을 배제한 글, 사실에 충실한 문장을 배우고 싶어졌습니다. 얼마간 글을 덜어낸 뒤 매끄러워지고 간결해진 문장을 읽으면서 작가와 편집자가 함께 책을 만든다는 것이 얼마나 즐거운 일인지도 알았습니다. 다행히 그렇게 쓰는 즐거움을 안전하게 지킬 수 있었습니다. 모두 꿈꾸는인생 출판사의 따뜻한 배려 덕분입니다. 역시 이번에도 운이 좋았습니다. 리베카 솔닛Rebecca Solnit의 말처럼 이 책이 예상치 못했던 방식으로 다른 사람들과 이어지고 지금까지 한 번도 본 적 없는 사람들에게 사랑을 받을 일만 남았습니다.

작년에 가까스로 책을 하나 끝내고 나니 사람들이 물었습니다. 작가도 아닌 사람이 어쩌다가 책을 썼는지 말입니다. 그 질문에 시원한 답을 주지 못했습니다. 여전히 그 질문에 대답하기가 어렵습니다. 책 두 권을 냈으니 '다음은 이것이다' 하는 욕심이나 각오도 딱히 없습니다. 두 번째 책을 끝낸 지금, 도착점이 어디인지 생각하지 않습니다. 어쨌든 일단 출발을 했다면 어디에 도달하는지는 그리 중요한 것이 아니라고 생각하게 됐습니다. 이미 두 발로 걸어 나가고 있고, 꼭 뛰는 법을 배우지 않아도 된다는 걸 이제는 압니다. 어차피 처음부터 뛰고 싶어서 시작한 것은 아니니까요. 쉬엄쉬엄 가다 보면, 어느덧 도착지가 보이겠지요. 그 먼 길을 앞당길 수 있는 유일한 방법이 지치지 않는 것이라는 걸 알고 있습니다. 그러니 잘 버티며 즐겁게 지내겠습니다. 아무려면 어때 하는 뻔뻔함으로 당분간 나를 지탱해 볼 생각입니다.

앞으로도 오랫동안 자유로운 백수의 자리를 지키기 위해 적게 먹고 적게 소유하고 가는 똥을 싸며 살려 합니다. 사람에게도 진력이 났으니 외로움 같은 건 모르고 지내게 되겠지요.

작년 5월 첫 책이 나왔을 때는 출간의 기쁨을 주체하지 못해 새벽길을 달려 강릉 바다를 찾았습니다. 곧 『사생활들』이 세상에 나오면 이번에는 동백꽃을 배경으로 책 사진을 찍겠다는 계획을 세웠습니다. 봄이 오면 꽃과 함께 책도 피어나겠지요.

2021.2.1. 김 설

* 책에 언급된 작가들이 있습니다. 인생의 계단을 오를 때마다 크고 작은 힘이 되어 준 사람들입니다. 그들에게서 세상의 진실과 살아가는 방법을 배웠고, 그들의 이야기를 통해 삶의 의혹을 풀었습니다. 이 책이 그들에게도 은신처가 되기를, 고상한 기분 전환이 되기를 바랍니다.

사생활들

초판 1쇄 발행 2021년 3월 5일
초판 3쇄 발행 2022년 8월 1일

글 김설
펴낸이 홍지애
펴낸곳 꿈꾸는인생
주소 서울 마포구 월드컵북로 400 2층
전화 070-4046-2371
팩스 02-6008-4874
이메일 lifewithdream@naver.com

ⓒ 꿈꾸는인생, 2021

979-11-91018-05-9 (04810)
979-11-91018-04-2 (세트)